Patrick McGinley · Das Bootshaus

Patrick McGinley

Das Bootshaus

Thriller

script 5

Für meine Eltern

FSC
Mix
Produktgruppe aus vorbildlich
bewirtschafteten Wäldern und
anderen kontrollierten Herkünften

Zert.-Nr. SGS-COC-1940
www.fsc.org

ISBN 978-3-8390-0113-4
1. Auflage 2009

script5 ist ein Imprint der Loewe Verlag GmbH, Bindlach
Das Gedicht auf S. 5 stammt aus dem Band
Die rumänische Volkskultur und ihre Mythologie,
© Harrassowitz Verlag, Wiesbaden, 1974, S. 19.
Dieses Werk wurde vermittelt durch
die Michael Meller Literary Agency GmbH, München.
Umschlaggestaltung: Christian Keller
Redaktion: Ruth Nikolay
Printed in Germany (007)

www.script5.de

Steh auf […], steh auf.
Denn die Sonne geht unter,
Der Weg führt in den Wald.
Der Wald ist groß
Und hat kein Licht.
Der Wald ist dicht,
Wer ihn betritt, kommt nicht mehr heraus.

Rumänischer Trauergesang

Prolog

Liebe Alma,

ich weiß, dass du in dieser Sache drinsteckst. Inwieweit du daran beteiligt warst oder gar mitschuldig bist, kann ich nicht beurteilen, wenn du mir keine Auskunft gibst. Was weißt du über das Feuer, bei dem der Junge verbrannt ist? Und was ist mit dem halb toten Mann aus der Kapelle? Wer oder was hat ihn so zugerichtet? Seine Haut war an manchen Stellen regelrecht abgefressen. Und was hat das alles mit dem toten Mädchen zu tun?

Ich habe versucht, mit diesem Förster zu sprechen, doch der ist völlig durch den Wind. Er sitzt ständig in der Dorfkneipe und faselt irgendetwas von Geistern in seinem Garten. Die Leute lachen über ihn, aber keiner, mit dem ich gesprochen habe, wagt es, auch nur einen Fuß in die Nähe des Forsthauses zu setzen.

Was ist letzten Sommer geschehen? Du musst dein Schweigen endlich brechen, Alma, sonst kann ich keine Rücksicht auf dich nehmen, wenn ich den Artikel schreibe. Ich habe dir damals bereitwillig alle Fragen beantwortet, die du mir gestellt hast, jetzt bist du mir ein paar Antworten schuldig.

Bitte melde dich.

Norbert

Teil 1
Der Weiher

1

Er hatte leuchtend rote Augen. Seine hohen Wangenknochen und seine blonden, bis auf die Schultern herabhängenden Haare verliehen seinem Aussehen etwas Aristokratisches, als sei er der leicht eingebildete Erbe eines französischen Adelsgeschlechts. Der Ansatz eines Lächelns umspielte seine vollen Lippen, die einen Spaltbreit geöffnet waren – gerade genug, um seine spitzen Eckzähne freizulegen, die wie elfenbeinerne Dolche aus seinem blutroten Mund hervorragten. Würde ich mich in ihn verlieben? Würde er mich in seinen Bann ziehen? Würde er mir wohlige Schauer über den Rücken jagen?

Ich bezweifelte es.

Zärtlich fuhr ich mit den Fingerspitzen über den Namen des Autors, der in rot glänzenden Lettern auf den Einband geprägt war. Noch vor einem Jahr hätte ich dieses Buch aus dem Regal gerissen und in einer einzigen Nacht beim Licht meiner Nachttischlampe verschlungen. Doch seitdem ich erfahren hatte, wie grausam das Leben sein konnte, ließen mich diese romantisch verklärten Monster kalt. Aber dennoch konnte ich nicht ganz von dem Genre lassen. Meine Mutter verstand nicht, wie ich es immer noch fertigbrachte, Geschichten über Tod, Leid und Schmerz zu lesen, da das wirkliche Leben uns diese Gefühle doch im letzten Jahr im Überfluss beschert hatte, aber ich sah das anders. Für mich hatte es etwas Beruhigendes, in dieses erdichtete Grauen einzutauchen, mit dem Wissen, dass alles nur erfunden war, dass die Figuren, die diese schrecklichen Dinge erlebten, nicht existierten.

Dann wird es wohl nichts mit uns, mein französischer Prinz, dachte ich und stellte das Buch zurück. Ich schlenderte weiter durch die Regalreihen der Buchhandlung, den Kopf ein wenig zur Seite geneigt, damit ich die Titel auf den Buchrücken besser lesen konnte. Dies war eine meiner Lieblingsbeschäftigungen: vor einer Reise meine Bücherauswahl zu treffen. Ich hatte mir den ganzen Nachmittag dafür Zeit genommen. Morgen früh ging es los und ich hatte noch nicht mit dem Packen begonnen. Im Gegensatz zu einigen meiner Freundinnen war ich beim Packen recht schnell. Ich hielt mich nicht stundenlang damit auf, welche Oberteile ich nun mitnehmen sollte und welche Schuhe zu welchem Kleid passten. Nur was meine Bücher anging, war ich wählerisch. Für mich gab es keine schlimmere Vorstellung, als fern von jeder Buchhandlung mit einem langweiligen Schinken gestrandet zu sein.

Meine Leidenschaft für das Lesen verdankte ich meiner Mutter. Als ich sechs Jahre alt war, hatte sie mir eine Ausgabe von Hans Christian Andersens Märchen geschenkt. Ich hatte sofort die erste Seite aufgeschlagen und begonnen, das Märchen von der kleinen Meerjungfrau zu lesen. Es dauerte den ganzen Tag, doch irgendwo zwischen der ersten und der letzten Seite war etwas mit mir geschehen. Ich war in die Geschichte eingetaucht. Die Welt um mich herum hatte aufgehört zu existieren. Am Ende war ich wie aus einem Traum aufgewacht, Tränen liefen mir über das Gesicht und ich fühlte mich, als sei mit der Meerjungfrau meine beste Freundin gestorben und zu Schaum auf den Wellen geworden. Ich las die Geschichte wieder und wieder und versuchte, mir vorzustellen, wie es wohl wäre, eine echte Meerjungfrau zur Freundin zu haben. Ich begann, mit ihr zu sprechen, ich zwang sogar meinen Vater, für sie mitzukochen, doch als mich meine Mutter eines Abends badete und ich in Tränen ausbrach, weil der Seifenschaum wie tote Meerjungfrauen aussah, wurde ihr das zu viel und sie befahl mir, mit dem Blödsinn aufzuhören.

Heute lachen wir drüber, aber damals ist etwas mit mir geschehen, etwas, das nicht vielen Menschen passiert. Ich hatte eine Tür zu einer anderen Welt aufgestoßen und ich bin mir nicht sicher, ob diese Welt nur in meiner Fantasie existiert, jedenfalls nicht nach dem, was sich in diesem Sommer ereignet hat.

Ich kann mich noch genau daran erinnern, wie ich zum ersten Mal einen Horrorroman in der Hand hielt. Ich war damals dreizehn Jahre alt und ich verbrachte den Sommer mit meiner besten Freundin Eva in einem Ferienhaus in Spanien, das Bekannten ihrer Mutter gehörte. Mein Albtraum war wahr geworden: Ich hatte nicht genug Bücher eingepackt. Damals war ich verrückt nach Pferdebüchern, eine Passion, die ich mir heute nur noch schwer erklären kann. Ich war fast süchtig nach dieser Mischung aus lauwarmem Drama – Wird Vanessa ihr Pferd Daisy vor der Todesspritze des Tierarztes bewahren? – und harmloser Liebesgeschichte – Ob Kevin mich auch so gern hat wie ich ihn? Eines Morgens hatte ich das letzte Pferdebuch ausgelesen – ich erinnere mich sogar noch an den Titel: *Kehr heim, Tornado* – und stand nun ohne Lektüre da. Im Wohnzimmer des Hauses lehnte ein altes Bücherregal an der Wand und ich war auf die traurige Sammlung der von Wind, Sand und Salzwasser geschundenen Taschenbücher angewiesen, die darin verstaubte. Schulter an Schulter mit einem Satz Ärzteromane standen dort auch einige Horrorwälzer, deren knallige Einbände einen krassen Gegensatz zu den frisch geföhnten Jungdoktoren auf den Groschenheftchen bildeten. Ich konnte mit Gruselgeschichten nichts anfangen, zumindest dachte ich das damals, und versuchte vergeblich, mich durch einen der Schnulzenromane zu quälen. Aber es ging einfach nicht. Die Figuren waren zu seicht und die Wendungen der Geschichten, wenn man sie überhaupt als solche bezeichnen konnte, zu vorhersehbar, um mich auch nur eine Sekunde in ihren Bann zu ziehen. Ich vermisste es, in die Geschichte einzutauchen, mich von ihr mitreißen zu lassen, ihr zu folgen, wohin sie mich auch führte. Also blieb mir keine andere Wahl – ich griff nach einem Buch mit einem unheimlichen Clown auf dem Einband, ließ es in meine Tasche gleiten und machte mich mit Eva auf den Weg zum Strand. Auf meinem Handtuch ausgebreitet, den Rücken eingecremt, schlug ich die erste Seite auf, las den ersten Satz und nichts war mehr wie vorher. Wie soll ich es beschreiben? Vielleicht kann man es so ausdrücken: Dieses Buch wiegte mich nicht in Sicherheit. Es versuchte nicht, mir weiszumachen, dass alles gut werden würde. Es waren gar nicht so sehr die Horrorelemente – das Blut, die Monster, die Stimmen in der Nacht – die mich faszinierten, es waren die ganz normalen Menschen, wie sie auf die albtraumartige Handlung reagierten, wie sie mit diesen schauerlichen Extremsituationen umgingen – das fesselte mich.

Dieses Buch offenbarte mir zu dem damaligen Zeitpunkt eine schonungslose Sicht der Dinge, die ich mit dreizehn Jahren so noch nicht kannte.

An diesem Tag ging ich nicht ein einziges Mal ins Wasser und am Abend bemerkte ich, dass mein Rücken leuchtend rosa war, wie die Schale eines gekochten Hummers. Gebannt las ich weiter, bis tief in die Nacht. Erst als es draußen schon wieder hell wurde, legte ich das Buch zur Seite. Von da an war ich süchtig nach diesem Gefühl, nach dem kalten Grauen, das durch nichts als ein paar Buchstaben auf dem Papier ausgelöst wird. Seltsamerweise fand ich nie besonders großen Gefallen an Horrorfilmen. Die Schockeffekte waren meistens billig und wirkten lächerlich und man hatte nie Zeit, sich wirklich in eine Figur hineinzuversetzen.

Ich sah auf die Uhr. Es war schon halb sechs. Mist, jetzt aber schnell, ich musste ja noch packen. Ich entschied mich für ein Buch mit dem Titel *Das Packard-Haus* von einem Autor namens Leland Wise. Auf der Vorderseite war eine alte Villa abgebildet, in deren Kellerfenster zwei rote Augen leuchteten. Außerdem nahm ich noch ein Taschenbuch mit Erzählungen von H. P. Lovecraft aus dem Regal. Damit ging ich zur Kasse, wo meine Mutter schon in der Schlange stand. Ich stellte mich zu ihr, was mir einen bösen Blick ihres Hintermannes einbrachte. Sofort griff sie nach den Büchern, die ich in der Hand hielt. Ich rollte mit den Augen, denn ich wusste, was jetzt kommen würde.

»Musst du immer diesen Schund lesen?«, fragte sie mit diesem Mama-Ton, der mich in Sekunden zur Weißglut treiben konnte.

»Sei doch froh, dass ich überhaupt lese. Andere Töchter pusten sich ihr Hirn mit Drogen weg oder werden total früh schwanger und ich muss mir wegen meiner Literaturauswahl Vorwürfe anhören. Was hast du dir denn ausgesucht?« Ich sah meine Mutter herausfordernd an.

Widerwillig hielt sie mir ihr Buch hin.

»Blut unter Palmen«, las ich vor, *»zwölf Sommerkrimis für Frauen.* Da kann ich mit meinem *Schund* natürlich nicht mithalten. *Das* ist Literatur auf höchstem Niveau.«

Meine Stimme triefte vor Ironie.

»Ah, auch noch von Balthasar Black. Hat der nicht letztes Jahr den Nobelpreis gewonnen?«

»Ja, ja, ja, ist schon gut«, erwiderte meine Mutter. »Das wird wohl ein Sommer voller Mord und Totschlag.«

Ich befinde mich im Atelier meines Vaters. Es riecht nach Ölfarbe und Terpentin. Ich stehe vor einem seiner Bilder. Es ist mir sehr vertraut, es ist mein Lieblingsbild. Mit groben Pinselstrichen hat er den Park in dem spanischen Dorf gemalt, wo er als kleiner Junge immer gespielt hat. Etwas links von der Bildmitte befindet sich der Springbrunnen, der aus zwei großen Fröschen besteht, die auf überdimensionierten Wasserrosenblättern sitzen und je einen Schwall Wasser in das Becken speien. Eine Bank steht rechts von dem Brunnen. Mein Vater ist gerade dabei, seine Mutter mit einem feinen Pinsel auf die Bank zu malen. Er macht einen Schritt zurück und betrachtet seine Arbeit. Er ist zufrieden. Er lässt den Pinsel in ein altes Marmeladenglas mit Terpentin fallen und wischt sich die Hände an seiner Hose ab – die weiße, farbverkrustete, die er immer zum Malen anzieht. Das Terpentin löst die Ölfarbe aus dem Pinsel, die nun in hellen Schlieren in der Flüssigkeit schwebt. Mein Vater fischt die letzte Zigarette aus einer ausgebeulten Schachtel, die neben der Palette mit den Farben auf einem Holztisch liegt, und zündet sie mit einem Feuerzeug an, auf dessen Vorderseite der Umriss eines Stieres abgebildet ist. Er dreht sich zu mir, salutiert mit der Zigarette und tritt in das Bild hinein. Jetzt besteht auch er aus Pinselstrichen und Farbtupfen, allerdings bewegen sie sich. Er geht auf die Bank zu, auf der seine Mutter sitzt, und nimmt neben ihr Platz. Auf einmal bricht ein so intensives Gefühl der Einsamkeit über mich herein, dass mir kalt wird. Ich fühle mich, als sei ich der einzige Mensch auf der Welt. Ich will das Bild betreten, doch es lässt mich nicht hinein. Ich packe mit meinen Fingern zu und versuche, mich in die Leinwand hineinzugraben. Große Brocken Farbe brechen ab und fallen zu Boden. Ich kratze mit meinen Fingernägeln weiter. Je mehr Farbe ich entferne, desto weniger ist von der Parklandschaft übrig. Hinter dem Park kommt ein anderes Gemälde zum Vorschein. Wie besessen kratze ich weiter. Mein Vater, seine Mutter und die Bank, auf der sie sitzen, fallen meiner Attacke zum Opfer. Und jetzt erkenne ich, was das Bild hinter dem Bild darstellt. Es ist ein Porträt von meinem Exfreund Thomas. Ohne zu überlegen, greife ich nach dem Feuerzeug und stecke das Bild in Brand. Es brennt wie trockenes Stroh. Mir wird warm. Rot leuchten die Flammen.

»Alma?«

Rot-schwarz-rot.

»Alma?«

Ich öffnete die Augen. Die Sonnenstrahlen, die durch die Bäume am Fahrbahnrand fielen, flackerten in kurzen Abständen auf und blendeten mich. Ich drehte mich um. Meine Mutter saß am Steuer des Wagens, entspannt zurückgelehnt, ihre Sonnenbrille auf der Nase, ganz auf Urlaub eingestellt.

»Alma, hast du schlecht geträumt?«, fragte sie.

»Nein, wieso?«

»Du hast im Schlaf geredet.«

»Aha. Und was habe ich gesagt?«

»Hast du den Schmetterling vergessen?«

»Welchen Schmetterling?«

»Nein, das hast du gesagt.«

»Aha.«

Direkt nach dem Aufwachen war ich immer etwas mürrisch und irgendwie nervte es mich, dass meine Mutter mich beim Reden im Schlaf belauscht hatte, auch wenn ich nur Blödsinn erzählt hatte. Dass das nicht ganz fair war, war mir klar. Ich konnte ja nicht verlangen, dass sie jedes Mal rechts ranfuhr und sich die Ohren zuhielt, wenn ich einschlief. Aber trotzdem ärgerte es mich. Genauso war es, wenn sie heimlich in mein Zimmer ging und meinte, irgendetwas aufräumen zu müssen, das ich dann nicht wiederfand. Was meine Privatsphäre anging, war ich sehr empfindlich.

»Wir sind bald da.«

›Da‹ war ein Bauernhof, den meine Mutter ausgesucht hatte.

Ich weiß nicht, welcher Teufel sie geritten hatte, aber anstatt wie normale Menschen ans Meer zu fahren, sich drei Wochen an den Strand zu knallen und abends tanzen zu gehen, hatte sie es sich in den Kopf gesetzt, die kostbaren Urlaubswochen auf einem Bauernhof zu verbringen. Zwischen Kühen und Schweinen, Hunderte Kilometer vom nächsten Strand entfernt.

»Und wir haben sogar Glück mit dem Wetter«, fuhr sie unbeirrt fort. »Als du geschlafen hast, haben sie im Radio durchgesagt, dass mindestens bis nächste Woche die Sonne scheint.«

»Oh, toll! Alles, was jetzt noch fehlt, ist Strand und Meer.«

»Das Meer, das Meer, alle fahren doch ans Meer.«

»Aus zwei guten Gründen: Dort kann man baden und es riecht nicht nach Kuhmist.«

Meine Mutter drehte sich zu mir und runzelte die Stirn.

»Du hast ja eine Superlaune.«

»Weil du einfach alleine entschieden hast, wo wir diesen Sommer hinfahren.«

»Ich dachte, wir zwei brauchen ein bisschen Abwechslung, nach dem Scheißjahr, das wir hinter uns haben.«

»Du wolltest bloß nicht ans Meer, weil dich das an Papa erinnert.«

Das war unter der Gürtellinie. *Deutlich* unter der Gürtellinie. Ich bereute es sofort, nachdem ich es ausgesprochen hatte. Sie wendete sich ab und konzentrierte sich auf die Straße. Trotz der Sonnenbrille sah ich ihr an, wie sehr ich sie verletzt hatte.

»Ich hab's nicht so gemeint«, sagte ich kleinlaut.

»Schon gut«, murmelte meine Mutter und sah auf die Straße.

Ich wollte meinen Ausbruch irgendwie wieder gutmachen.

»Soll ich mal ein Stück fahren?«

Sie blickte zu mir herüber. Sie wusste, wie ungern ich Auto fuhr.

»Bist du sicher?«

»Fahr doch da an der Raststätte raus. Dann können wir tauschen und du kannst dich ein bisschen ausruhen.«

Auf dem Parkplatz der Raststätte tranken wir erstaunlich guten Kaffee aus Pappbechern, dann stieg ich auf der Fahrerseite ein. Meine Mutter setzte sich auf den Beifahrersitz. Noch bevor ich, übertrieben vorsichtig, wieder auf die Autobahn gefahren war, war sie eingeschlafen. Das musste man ihr lassen. Meine Mutter war die perfekte Beifahrerin. Ich hatte von ihr noch nie einen Mucks gehört, seit ich die Prüfung bestanden hatte. Aber es war ein komisches Gefühl, am Steuer zu sitzen, während sie neben mir schlief. Als würden wir für kurze Zeit die Rollen tauschen. Ich erwischte mich dabei, wie ich einen kurzen Blick auf ihr Gesicht warf. Selbst im Schlaf waren die Schatten zu erkennen, die seit einem Jahr auf ihren Zügen lagen. Ihr Gesicht war immer weich, offen und fröhlich gewesen und das war es auch noch immer, doch der Schmerz hatte seine Spuren hinterlassen. Ich nahm mir vor, ihr diesen Urlaub nicht zu versauen. Sie hatte ihn weiß Gott verdient.

Ich konzentrierte mich wieder auf die Straße. Mit der rechten Hand schob ich eine von Papas CDs in den Player, die er bei seiner hastigen Abreise nach Mexiko zurückgelassen hatte. Das erste Lied war von einer spanischen Sängerin. Ihre Stimme klang, als hätte sie mit Sand und Whisky gegurgelt. Papa hatte es pausenlos gehört, während er das Bild mit dem Park gemalt hatte. Die spanische Musik passte überhaupt nicht zu der aufgeräumten deutschen Landschaft, die an mir vorüberzog, aber der Kontrast gefiel mir – vielleicht, weil ich ihn auch in mir trug.

Einige Stunden später fuhren wir durch ein kleines Dorf, als ein Holzschild in Form eines Pfeils auftauchte, auf dem mit weißer Farbe »Hof Geißberger« geschrieben stand. Meine Mutter, die inzwischen aufgewacht war, unterbrach die Stille.

»Ich glaube, hier ist es.«

Ich fuhr eine geteerte Auffahrt hoch und hielt vor dem Eingang eines gemütlichen Bauernhauses, das auf einer Anhöhe über dem Dorf lag. Ich öffnete die Tür und stieg aus. Die Luft war herrlich, das musste ich zugeben. Es duftete nach saftigen Wiesen, nach Blumen und nach Holz, mit einer leichten, aber nicht unangenehmen Note von Mist. Es herrschte eine wohltuende Stille, durchsetzt vom entfernten Läuten einiger Kuhglocken.

Meine Mutter schloss die Augen und atmete tief ein.

»Riechst du das? Das nennt man Sauerstoff!«

»Riecht nach Kuhmist«, sagte ich spöttisch.

Ein lautes Bellen durchbrach die Ruhe. Ich hatte gerade noch Zeit, mich umzudrehen, als ein pelziger orange-schwarzer Blitz angeschossen kam und auf mich zusprang. Das Nächste, was ich spürte, war eine feuchte Zunge, die mir das Gesicht abschleckte.

»Sindbad, bei Fuß!«

Der Hund drehte schuldbewusst den Kopf. Seine Pfoten lagen fest auf meinen Schultern. Ein Pfiff ertönte und er rannte auf allen vieren in Richtung Bauernhaus. Ich wischte mir mit dem Handrücken das Gesicht ab.

Eine Frau trat, von dem Hund gefolgt, aus dem Haus und kam auf uns zu.

»Sindbad ist ein ganz Lieber. Manchmal ein bisschen stürmisch. Nicht wahr, Sindbad?«

Sie sprach mit einer leicht ländlichen Färbung. Sindbad, dem sie gerade die Ohren kraulte, war ein großer schwarz-weißer Berner Sennenhund mit orangefarbenen Flecken. Die Frau entsprach ganz und gar nicht dem Bild, das ich von einer Bäuerin hatte. Sie war schlank, mit kräftigen Armen, einem modernen Haarschnitt und einem freundlichen Gesicht, das mehr Lach- als Sorgenfalten besaß.

»Ihr müsst die Kirschsteins sein. Ich bin Gerda. Willkommen auf dem Geißberger Hof.«

»Annemarie«, stellte meine Mutter sich vor, als Gerda ihr die Hand schüttelte.

»Ich heiße Alma«, sagte ich. Gerdas Händedruck war kräftig, wie der eines Möbelpackers.

»Lasst euer Gepäck im Wagen. Ich zeige euch erst mal die Zimmer.«

Gerda ging zurück zum Haus und meine Mutter und ich folgten ihr. Ich sah mich um. Ich hatte das Gefühl, dass mich jemand beobachtete. Kurz bevor ich das Haus betrat, sah ich nach oben. Ich hatte mich nicht getäuscht. Eines der Fenster war offen. Ein junger Mann stützte sich mit seinen Ellbogen aufs Fenstersims und sah mich an. Ich schätzte ihn auf Anfang zwanzig. Ich hob meine rechte Augenbraue und folgte meiner Mutter wortlos ins Haus.

Eine halbe Stunde später saß ich auf der Matratze eines urigen Holzbettes und sah aus dem Fenster. Instinktiv griff ich nach meinem Handy, um Eva ein Foto von der schönen Aussicht zu schicken, doch dann fiel mir ein, dass ich es, auf die Bitte meiner Mutter hin, zu Hause gelassen hatte. Ich fand die Idee eigentlich ganz gut, mal ohne das lästige Ding in der Tasche zu überleben, und nahm mir vor, Eva eine gute alte Postkarte zu schicken.

Meine Mutter und ich hatten separate Zimmer, was mir ganz recht war. Das Bad war leider auf dem Gang und ich freute mich nicht gerade darauf, in den frühen Morgenstunden über die kalten Holzdielen zu schleichen, wenn ich es benutzen wollte. Das gedämpfte Plätschern des Wassers drang durch die Tür. Meine Mutter stand gerade unter der Dusche und tötete Meerjungfrauen.

Mein Zimmer befand sich an der Rückseite des Hauses und vom Fenster aus konnte ich den hinteren Teil des Hofs überblicken, wo einige Kühe auf der Weide grasten. Wenn man dem Weg folgte, der hinter dem Haus an der Kuhweide vorbeiführte, gelangte man an den Rand eines Waldes. Die Bäume standen dicht gedrängt an einem sachte ansteigenden Berghang.

Ich hatte keine Lust, auf meine Mutter zu warten, und beschloss, nach unten zu gehen. In der Küche traf ich Gerda, die gerade damit beschäftigt war, einen Brotteig zu kneten. Über ihr hingen zwei Fliegenfänger wie Seetang von der Decke herab, an denen einige dicke schwarze Brummer klebten. Einer zappelte noch hilflos mit den Beinen.

»Gefällt dir das Zimmer?«, erkundigte sich Gerda.

»Ja, sehr«, antwortete ich.

»Das ist Gabor. Er verbringt auch den Sommer hier.«

Ich verstand erst nicht, was sie meinte, aber dann deutete sie zu dem Esstisch, der neben einem Kachelofen in der Ecke des Zimmers stand. Dort saß, leicht vornübergebeugt, ein junger Mann, Mitte zwanzig, dessen großer Adamsapfel wie der einer Zeichentrickfigur aussah. Er trug eine Brille und hatte seine aschblonden Haare mit Gel zu einer Art Kamm frisiert, wahrscheinlich, um ihnen ein modisches Aussehen zu verleihen. Leider hatte es den gegenteiligen Effekt. Er nickte mir kurz zu und vertiefte sich dann wieder in das Buch, das aufgeschlagen vor ihm auf dem Tisch lag. Es sah aus wie ein wissenschaftlicher Text, der hie und da mit Illustrationen versehen war.

»Hast du schon fertig ausgepackt?«, fragte Gerda.

»Nur das Nötigste. Ich will nicht den ganzen Tag im Zimmer vertrödeln. Heute Abend ist noch genug Zeit.«

»Du könntest schwimmen gehen.«

Ich horchte auf.

»Wirklich? Wo denn?«

»Wenn du dem Weg hinter dem Haus folgst, kommst du an unseren Weiher. Bei so einem Wetter ist es da traumhaft schön.«

»Danke. Das werde ich gleich ausprobieren.«

Ich wollte gerade meine Badesachen holen, als Gerda mich zurückhielt. Sie wischte sich mit dem Handrücken das Mehl aus dem Gesicht und sah mich ernst an.

»Tu mir einen Gefallen. Wenn du schwimmen gehst, halte dich von dem Bootshaus fern.«

»Von welchem Bootshaus?«

»Am Ostufer, in einer Bucht, steht ein halb verfallenes Bootshaus. Da ist vor einem Jahr ein Mädchen verunglückt. Sie ist ertrunken.«

»Wer ist ertrunken?«

Meine Mutter hatte die Küche betreten und machte ein erschrockenes Gesicht. Da ihre Haare vom Duschen noch ein bisschen abstanden, sah sie recht komisch aus.

»Mama. Ich kann schwimmen.«

»Es gibt keinen Grund, sich Sorgen zu machen, Annemarie. Das Bootshaus ist inzwischen verriegelt worden. Es kann gar nichts passieren.«

»Aber letztes Jahr ist doch etwas passiert!«

»Mama, wenn es dich beruhigt, ziehe ich Schwimmflügel an«, sagte ich genervt.

»Ich meine ja nur. Sei bitte vorsichtig.«

»Versprochen. Ich werde ganz vorsichtig schwimmen.«

Mit einem genervten Kopfschütteln verließ ich die Küche, um meine Badesachen zu holen.

Ich folgte dem Weg, den Gerda mir beschrieben hatte, in den Wald. Die Sonne schien durch die Lücken im Blätterdach und ihre Strahlen spielten im aufsteigenden Dunst. Die einzelnen

Strahlen fielen wie Goldregen auf den Waldboden. In einer dieser Lichtinseln flatterten zwei Tagpfauenaugen umher. Ich schlenderte den Kiesweg entlang, der zwischen den Bäumen hindurchführte. Erst ging es bergauf, dann bog der Weg leicht nach rechts ab. Die Luft war von Vogelstimmen erfüllt und irgendwo klopfte ein Specht.

Als der Weg den höchsten Punkt der Steigung erreicht hatte, öffnete sich eine Lichtung zu meiner Rechten. Eine große, glatte Felswand ragte aus dem Berghang heraus, an deren Rand einige Dornensträucher wuchsen. Ich sah mir einen der Sträucher näher an. Auf mehrere Dornen waren Raupen und kleine Insekten aufgespießt. Das Ganze glich einer Ausstellung in einem Naturkundemuseum. Ein kleiner, unscheinbarer Vogel flatterte heran und setzte sich auf einen der Zweige. In seinem Schnabel steckte eine zappelnde Raupe, die er auf eine der Dornen spießte. Eine vage Erinnerung aus meiner Grundschulzeit flackerte auf – wir hatten damals gerade den Wald durchgenommen. Das musste ein Neuntöter sein. Ich versuchte, mich ganz leise zu verhalten.

Plötzlich knackte es im Wald hinter mir.

Erschrocken drehte ich mich um und sah aus den Augenwinkeln einen Schatten, der zwischen den Bäumen verschwand.

»Hallo?«, rief ich zaghaft.

Ich bekam keine Antwort. Vorsichtig ging ich auf den Waldrand zu. Ich war mir sicher, dass ich etwas gesehen hatte. Etwas, das Arme und Beine besaß. Ich lehnte mich gegen einen Baum und spähte ins Unterholz. Alles war ruhig. Nichts regte sich. Doch, da! Der Schatten huschte hinter einen der Bäume. Er hatte menschliche Gestalt. Ich machte einen Schritt vorwärts und trat dabei auf ein Moosbett, auf das ich geräuschlos mein Gewicht verlagern konnte. Langsam näherte ich mich dem Baum, hinter dem die Gestalt verschwunden war. Als ich den Stamm erreichte, hielt ich inne und lauschte. Außer dem leisen Knacken der Äste herrschte vollkommene Stille. Ich trat vor den Baum.

Es war ein ekelerregender Anblick. Ein lautes Summen ertönte und eine dunkle Wolke erhob sich vom Waldboden – ein Schwarm Fliegen, deren metallicgrüne Körper in den einfallenden Sonnenstrahlen glänzten. Sie schwebten über dem Kadaver eines weißen Kaninchens, aus dessen Bauch die Innereien herausquollen wie der Inhalt einer fallen gelassenen Handtasche. Langsam beruhigten sich die Fliegen und landeten auf der roten Masse, die den Boden unter dem Tier dunkel verfärbt hatte. Ich wendete mich angewidert ab.

»Hier geht ein Mörder um.«

Ich zuckte zusammen.

Hinter mir stand der Typ, der mich vom Fenster aus beobachtet hatte. Er lächelte zufrieden, als er sah, wie sehr ich mich erschreckt hatte. Er war schlank, hatte blondes Haar und seine Haut war von der Sonne gebräunt.

»Das da ist nicht sein erstes Opfer.«

»Du hast mir einen ganz schönen Schrecken eingejagt«, sagte ich.

»Ach, deshalb bist du einen Meter in die Luft gesprungen.«

Er grinste und entblößte seine weißen Zähne. Ich schnaubte beleidigt und ging zurück zum Weg. Ich hörte, wie er mir folgte.

»Übrigens, ich heiße Peter«, sagte er, als er mich eingeholt hatte.

»Alma«, erwiderte ich knapp. Wir gingen eine Weile schweigend nebeneinander her.

»Hier gibt es also einen Mörder?«, fragte ich schließlich.

»An Herzversagen ist das Kaninchen jedenfalls nicht gestorben.«

»Wahrscheinlich ein Fuchs oder so«, erwiderte ich und versuchte, mir nicht anmerken zu lassen, wie beunruhigt ich war.

»Schon möglich«, sagte er und sah sich nach allen Seiten um, als würden wir belauscht. Seine Stimme klang übertrieben unheimlich.

Ich wechselte das Thema.

»Habt ihr jeden Sommer Gäste?«

»Ja, aber meistens Familien mit kleinen Kindern.«

»Und was ist mit dem Typen, der bei euch in der Küche gesessen hat?«

»Gabor? Der ist mir ein bisschen unheimlich. Kennst du die alten Frankenstein-Filme, wo der wahnsinnige Professor und sein buckliger Assistent in einer Gewitternacht das Monster zum Leben erwecken? Da hätte er gut reingepasst.«

»Er versucht, Tote wiederzubeleben?«

»Keine Ahnung. Auf jeden Fall arbeitet er mit allerlei selbst gebastelten Geräten. Und er studiert Biologie. Dann verbringt er die ganze Nacht im Internet, um seine Ergebnisse auszuwerten.«

»Ihr habt Internet?«

Peter sah mich an, als hätte ich chinesisch gesprochen. Dann verzog er spöttisch den Mund.

»Ja, und letztes Jahr haben wir elektrischen Strom bekommen. Hui, war das aufregend! Das ganze Dorf war da, als der Laster mit dem Kabel kam. Jetzt müssen wir unsere Teufelsaustreibungen endlich nicht mehr bei Kerzenschein zelebrieren!«

»Arsch«, sagte ich lachend.

»Großstadttussi«, antwortete er.

»Landei«, erwiderte ich und schubste ihn leicht.

»Gehst du zum Weiher?«

»Ja.«

»Schwimmen?«

»Schlittschuh laufen.«

»Kannst du überhaupt schwimmen?«

Ich blieb stehen. Das ging zu weit.

»Du meinst wohl, nur weil ich in der Stadt aufgewachsen bin, war ich noch nie in der freien Natur.«

»Nein, nein, war doch nicht ernst gemeint. Ich glaube dir schon, dass du schwimmen kannst.«

»Eins ist klar, ich kann es besser als du.«

Er schenkte mir ein überhebliches Grinsen.

»Willst du wetten?«, schob ich hinterher.

Peter sah mich ungläubig an.

»Wenn du meinst. Und worum wetten wir?«

Ich zeigte auf das Taschenmesser, das an seinem Gürtel hing.

»Um dein Messer.«

Er schien von der Idee gar nicht begeistert zu sein. Ich verschränkte die Arme.

»Bist wohl zu feige?«

»Also gut. Wenn du gewinnst, bekommst du mein Messer. Und was bekomme ich, wenn ich gewinne?«, fragte er.

»Was hättest du denn gerne?«

»Einen Kuss.«

Mit dieser Antwort hatte ich nicht gerechnet. Eigentlich hatte ich nichts dagegen, versuchte jedoch, mir nichts anmerken zu lassen.

»So, so«, sagte ich.

»Und?«

Ich setzte mein arrogantestes Gesicht auf und zog die rechte Augenbraue hoch.

»Also gut. Du hast sowieso keine Chance gegen mich.«

Peter konnte nicht ahnen, dass ich seit meinem fünften Lebensjahr in einem Schwimmverein trainierte. Ihm würde das Grinsen schon noch vergehen.

Wir folgten dem Weg, bis er aus dem Wald herausführte. Vor uns erstreckte sich der Weiher. Er war viel größer, als ich erwartet hatte. Er hatte die Form eines gebogenen Ovals und um ihn zu umrunden, hätte man sicherlich zwei Stunden benötigt. Am Nordufer grenzte er an ein Moor, dessen Erde das Wasser schwarz färbte. Wir standen am Südufer, wo sich eine Liegewiese befand. Daneben wuchs ein alter Baum, dessen größter Ast über den Weiher ragte. Einige Jungen kletterten darauf herum und versuchten, sich gegenseitig ins Wasser zu schubsen. Die anderen Badegäste hatten sich auf ihren Handtüchern ausgestreckt. Es waren eine Menge Familien da, aber auch viele Kinder und Teenager, die die schulfreie Zeit voll auskosteten. Das Wasser wurde von den zahlreichen Schwimmern so sehr aufgewühlt, dass die Wellen wie eine Brandung ans Ufer schwappten. Zwischen den vielen Köpfen, die aus dem Wasser ragten, zogen Luftmatratzen und Schlauchboote ihre Bahnen. Das einfallende Sonnenlicht besaß eine magische Qualität und verlieh der Umgebung einen weichen goldenen Schimmer.

Wir suchten uns ein freies Plätzchen auf der Wiese und breiteten unsere Badetücher aus. Ich hatte meinen Badeanzug schon an, sodass mir die Peinlichkeit erspart blieb, mich in meine Badesachen zu zwängen und gleichzeitig die entscheidenden Stellen einigermaßen vor Blicken zu schützen, wie es Peter jetzt tat. Ich wollte ihn nicht in Verlegenheit bringen und ging schon mal zum Wasser, nicht ohne beiläufig einen Blick auf seinen Körper zu riskieren. Was ich sah, gefiel mir.

Ich stand am Ufer und betrachtete das schwarze Wasser des Sees. Peter stellte sich kurz darauf neben mich.

»Auch wenn es heiß ist, ist das Wasser eiskalt. Es ist besser, wenn man sich vorher ein wenig damit einreibt, damit man sich an die Temperatur …«

Mit einem Satz sprang ich kopfüber hinein. Die Kälte raubte

mir für einen Moment den Atem, doch kurz darauf hatte sich mein Körper an die Wassertemperatur gewöhnt. Ich machte ein paar Schwimmzüge und drehte mich zu Peter um.

»Was hast du gesagt?«, rief ich ans Ufer.

Peter grinste nur und sprang hinterher.

»Bereit?«, fragte er, als er neben mir auftauchte.

»Ja«, sagte ich.

»Bis zum anderen Ufer. Dort drüben, beim Bootssteg, wo die Ruderboote festgemacht sind.«

»In Ordnung.«

»Willst du vielleicht einen Vorsprung?«

»Nein. Du?«

Peter lachte siegessicher.

»Mir kommt es so vor, als ob du verlieren *willst.*«

Ich verdrehte die Augen.

»In deinen Träumen. Lass uns endlich anfangen. Ich will mein Messer haben.«

»Fertig?«, rief er.

»Los!«

Ich stieß mich vom Boden ab und begann, mit kräftigen Zügen zu schwimmen. Ich setzte jedoch nicht meine volle Kraft ein, erst wollte ich Peter noch ein bisschen Hoffnung machen. Peter war auch kein schlechter Schwimmer. Er zog bald an mir vorbei, auf die Mitte des Weihers zu. Ich tat so, als gäbe ich mein Äußerstes, um mitzuhalten. Peter warf mir immer wieder Blicke zu, um zu sehen, wo ich blieb. Als wir die Hälfte der Distanz zurückgelegt hatten und Peter einige Längen Vorsprung hatte, zog ich an. Ich ließ meine Arme durch die Luft fliegen und elegant wieder eintauchen. Ich glitt wie ein Fisch durchs Wasser. Doch ich hatte mich verschätzt. Peter hatte zu viel Vorsprung. Es trennten ihn nur noch wenige Meter vom Ziel. Ich mobilisierte meine gesamte Muskelkraft, holte das letzte bisschen Energie aus meinen Armen und trat mit den Beinen, so schnell ich nur konnte. Peter hatte gemerkt, dass ich auf einmal Gas gab, und beschleunigte sofort. Siegesgewiss pflügte er durchs Wasser und brachte die letzten Meter triumphierend hinter sich. Der Bootssteg war zum Greifen nah. Er streckte die Hand aus und griff nach dem hölzernen Pfahl, doch kurz bevor er ihn erreichte, schoss meine Hand vor ihm aus dem Wasser und berührte das Holz.

»Erster!«, rief ich atemlos. Ich hatte Wasser geschluckt und musste husten.

Peter klopfte mit seiner Stirn gegen den Holzpfahl.

»Glaubst du mir jetzt, dass ich schwimmen kann?«, fragte ich.

»Bekomme ich wenigstens einen Trostpreis?«

Ich winkte ihn verführerisch zu mir heran.

»Komm her«, rief ich.

Peter schwamm zu mir.

»Mach die Augen zu.«

Er gehorchte, doch anstatt eines Kusses bekam er einen Schwall Wasser ins Gesicht. Ich schwamm lachend davon.

»Das zahl ich dir heim, du Stadtschnepfe!«, rief Peter und setzte zur Verfolgung an.

»Erst mal musst du mich einholen, du Bauerntrottel!«, erwiderte ich und schwamm auf die Mitte des Sees zu. Peter folgte mir.

Ich holte tief Luft und tauchte unter. Mehrmals wechselte ich die Richtung, machte einige Züge unter Wasser und kehrte an die Oberfläche zurück. Dieses Manöver wiederholte ich einige Male, bis ich sicher war, dass ich Peter weit hinter mir gelassen hatte. Ich tauchte auf und bemerkte, dass ich mich dem Ostufer genähert hatte. Hier wuchs das Schilf in einer mannshohen Mauer gen Himmel. Ich machte einige Züge am Ufer entlang.

Eine grüne Libelle schwebte über der Wasseroberfläche. Einige Wasserläufer huschten mit ihren dünnen Beinchen über den Weiher wie über ein ausgebreitetes Bettlaken. Bald öffnete sich zu meiner Rechten eine Bucht im Schilf. Vorsichtig schwamm ich hinein. Es war ein idealer Ort, um sich vor Peter zu verstecken. Die Schilfmauer warf ihren Schatten in die Bucht, wodurch es merklich kühler war als in der Mitte des Weihers. Etwas Unheimliches lag in der Luft. Das Schnattern einer Kröte untermalte das Zirpen der Grillen im hohen Gras. Ich war ein paar Meter in die Bucht hineingeschwommen, als ich es entdeckte.

Die Oberfläche des Weihers war hier mit einer dicken Schicht aus Wasserlinsen bedeckt; ein grüner Teppich, der sich bis zum Ufer erstreckte. Und dort stand, auf verrotteten alten Holzpfählen, die wie die Zähne eines Ungeheuers aus dem Wasser ragten, das verfallene alte Bootshaus, vor dem Gerda mich gewarnt hatte. Im Dach klaffte ein großes Loch, wie eine Wunde, in dem sich ein Vogel ein Nest gebaut hatte; eine dicke Schicht Moos und Flechten bedeckte die Bretter, aus denen es zusammengezimmert war. Im Inneren meinte ich, die Umrisse eines Bootes zu sehen, doch das Licht war zu schummrig, um wirklich etwas zu erkennen. Mir wurde unbehaglich zumute. Auf einmal merkte ich, dass meine Arme schwer wurden. Ein kalter Schauer lief mir über den Rücken und ich war mir nicht sicher, ob es an der Wassertemperatur lag oder an der Warnung, die Gerda mir mit auf den Weg gegeben und die in der Küche noch so harmlos geklungen hatte: ›Nimm dich vor dem Bootshaus in acht.‹ An dieser Stelle also war vor einem Jahr ein Mädchen ertrunken.

Auf einmal hörte ich einen Schrei oder das Echo eines Schreis, ich war mir nicht sicher. Plötzlich kamen mir Bilder in den Sinn: wie das Mädchen verzweifelt mit den Armen ruderte, wie es Wasser schluckte und schließlich unter der Oberfläche verschwand. Und jetzt passierte es. Ich hörte die Stimme meines toten Bruders. Ich hörte Robertos Stimme, ganz deutlich, aus dem Wasser unter mir. Sie flüsterte:

»Ella perdió su caballito del diablo.«

Es war fast genau ein Jahr her, als er, mit nur zehn Jahren, bei einem Autounfall ums Leben gekommen war. Aber ich erkannte seine Stimme, als hätte ich sie erst gestern gehört. Ich begann, am ganzen Körper zu zittern. Die Angst kroch in mir hoch und doch war da noch etwas anderes, ein Verlangen unterzutauchen. Ich musste wissen, woher Robertos Stimme kam. Ohne zu überlegen, holte ich Luft und ließ mich in die Tiefe sinken. Das Wasser war trübe und braun und brannte ein wenig auf der Hornhaut, als ich die Augen öffnete. Ich machte einige kräftige Schwimmzüge, bis der erdige Boden unter mir auftauchte. Ich wusste nicht, nach wem oder was ich suchte, nur, dass mich etwas gerufen hatte, etwas, das mit der Stimme meines Bruders sprach. Was hatte er gesagt?

›Ella perdió su caballito del diablo.‹

Sie hat ihr Teufelspferd verloren. War das richtig? Mein Spanisch hatte sehr gelitten, seit wir nicht mehr regelmäßig im Sommer hinfuhren.

Einige Pflanzen wuchsen aus dem schlammigen Grund empor. Hatte sich das Mädchen damals hier verfangen? Ich war mir bewusst, in welche Gefahr ich mich begab, doch irgendetwas trieb mich vorwärts. Und dann entdeckte ich etwas. Ein kaum sichtbares Glitzern unter mir, zum Greifen nah. Ich streckte die Hand aus. Die langen, dünnen Pflanzenstängel schmiegten sich an meine Haut. Eine der Pflanzen legte sich um mein Bein. Ich griff nach dem Gegenstand und stieß mich nach oben ab. Zu meiner Erleichterung durchbrach ich wohlbehalten die Oberfläche. Es roch merkwürdig. Ich sah mich um und bemerkte, dass ich mitten in dem Teppich aus Wasserlinsen aufgetaucht war. Die kleinen grünen Blättchen klebten wie schleimiges Konfetti an meiner Haut und in meinen Haaren. Ein unangenehmer modriger Geruch ging von ihnen aus. Ich tauchte sofort wieder ins Wasser und wollte unter dem Teppich hindurchschwimmen, als etwas mein Fußgelenk packte und mich nach unten zog. Panische Angst ergriff mich. Ich ruderte mit den Armen und strampelte mit den Beinen, doch es war stärker als ich. Meine Gedanken überschlugen sich. Roberto … Teufelspferd … Sie … *Sie* …

Doch so plötzlich, wie ich gepackt worden war, kam ich wieder frei. Ich schwamm zur Oberfläche und schnappte hustend nach Luft. Dann sah ich mich um.

Peter tauchte lachend neben mir auf.

»Huuuu, ich bin das Ungeheuer von Loch Ness!«

»Das war nicht lustig!«, rief ich gereizt. »Ich hab keine Luft bekommen!«

»Was, unsere Weltklasse-Schwimmerin hat Angst?«

»Idiot!«

Ich schwamm davon.

»Alma!«, rief Peter mir hinterher. »Jetzt sei doch nicht gleich beleidigt.«

Ich ignorierte ihn und schwamm weiter. Einen Moment lang hatte ich wirklich Todesangst verspürt. Ich kochte vor Wut. So schnell ich konnte, schwamm ich zur Liegewiese zurück, zog mich ans Ufer und lief zu unseren Badetüchern. Erst dort bemerkte ich, dass meine Hand immer noch den Gegenstand umklammerte, den ich aus dem weichen Grund des Sees geborgen hatte. Ich öffnete sie und sofort wurde es mir klar: *Caballito del diablo*! Damit war kein teuflisches Pferd gemeint. Es war ein spanischer Begriff, ein altmodischer Name, den meine Großmutter immer gerufen hatte, wenn wir mit ihr am Fluss spazieren gegangen waren und eine Libelle an uns vorbeigeflogen war. Denn genau das war es, was in meiner Handfläche lag: eine billige Haarspange, auf der eine Plastiklibelle mit transparenten Flügeln saß, deren Augen aus zwei funkelnden Strasssteinchen bestanden.

›Ella perdió su caballito del diablo.‹

Sie hat ihre Libelle verloren. War das wirklich die Stimme meines Bruders gewesen? Was hatte er mir damit sagen wollen? Wer war *sie*? Das Mädchen, das ertrunken war? War das ihre Haarspange?

»Alma! Es sollte ein Scherz sein.«

Peters Stimme riss mich aus meinen Gedanken. Beinahe hatte ich vergessen, eingeschnappt zu sein.

»Ich fand's nicht sehr lustig. Vor allem nach dem, was deine Mutter erzählt hat. Über das Mädchen, das hier gestorben ist.«

»Das ist nachts ins Wasser gefallen. War wahrscheinlich betrunken. Dass du schwimmen kannst, hast du ja vorhin bewiesen.«

»Ach, da wir gerade davon sprechen, ich hätte gerne meinen Preis.«

Peter zögerte. Dann machte er widerwillig das Taschenmesser von seinem Gürtel ab. Er hielt es mir hin.

»Verzeihst du mir?«, fragte er gespielt reumütig.

Ich nahm das Messer entgegen.

»Das überlege ich mir noch«, erwiderte ich, packte meine Sachen und ging zurück zum Waldweg. Peter schulterte seine Gitarre und dackelte hinter mir her.

In den hohen Gräsern am Waldrand bewegte sich etwas. Zuerst dachte ich, es handle sich um ein Tier, doch dann hob es den Kopf und ich erkannte Gabor wieder, den merkwürdigen Typen, der heute Morgen am Küchentisch gesessen hatte. Er hielt etwas in der Hand, einen länglichen Apparat mit zwei Armen, den er über den Blüten der Wildblumen hin und her schwenkte.

»Was tut er da?«, fragte ich Peter, der zu mir aufgeschlossen hatte.

»Keine Ahnung. Ich glaube, er sucht seltene Insekten.«

Gabor hob den Kopf.

»Hallo?«

»Wir fragen uns gerade, was du da machst«, rief ich.

Er winkte uns zu sich herüber. Wir stapften durch das hohe Gras. Sofort begann er, enthusiastisch auf uns einzureden.

»Ich katalogisiere die Insektenpopulation des Weihers und führe einen Vergleich zum letzten Jahr durch. Dadurch kann ich Schwankungen in der Migration und der Fortpflanzung feststellen. Außerdem untersuche ich die Wirkung von Umwelteinflüssen auf –«

»Was ist das für ein Gerät?«, unterbrach ihn Peter.

»Da bin ich besonders stolz drauf«, sagte Gabor. »Ich hab es selbst gebaut.«

Er hielt seinen Apparat hoch, der wie eine elektronische Wünschelrute mit Lautsprechern aussah.

»Die Sender an den Armen erzeugen Ultraschallwellen. Wenn man die richtigen Frequenzen einstellt, reagieren die Insekten im Beschallungsbereich und fliegen herbei. Die Wellen überlagern sich und ergeben ein Interferenzmuster. Ich habe entdeckt, dass jedes Insekt auf ein anderes Muster reagiert.«

Peter und ich sahen uns fragend an.

»Und wie viel Plutonium verbraucht es so im Durchschnitt?«, fragte Peter grinsend.

»Es läuft mit einer Neun-Volt-Blockbatterie«, antwortete Gabor unbeirrt. »Erlaubt mir, den Effekt zu demonstrieren.«

Er drückte einen Schalter am Griff des Apparats. Das Ding gab ein leises Ticken von sich. Gabor drehte an zwei Knöpfen. Das Ticken beschleunigte sich. Er wedelte mit den Armen des Geräts über die Gräser. Peter stupste mich mit dem Ellbogen an und ich hatte Mühe, mir das Lachen zu verkneifen. Es sah wirklich dämlich aus, was Gabor da tat. Doch dann geschah etwas, das uns in ungläubiges Staunen versetzte. Überall aus der Wiese stiegen gelbe Schmetterlinge in die Luft und bildeten zwischen den Armen des Geräts einen Schwarm. Gabor schwenkte es hin und her und die Schmetterlinge folgten seinen Bewegungen.

»Ich präsentiere: Gonepteryx rhamni, besser bekannt als Zitronenfalter.«

Er schaltete den Apparat wieder ab. Der Schwarm flog auseinander.

»Ich bin beeindruckt«, sagte Peter. »Und wozu ist das gut?«

»Damit ist es einfacher, die einzelnen Insektenarten zu katalogisieren. Ich gebe die richtigen Frequenzen ein und schon bekomme ich einen Überblick über die Bevölkerungsdichte.«

Er drehte sich um, nahm ein Clipboard aus seinem Rucksack, der hinter ihm zwischen den Grashalmen lag, und notierte etwas darauf. Plötzlich existierten wir für ihn nicht mehr.

Peter und ich gingen zurück zum Waldrand und bogen auf den Kiesweg ein. Als wir gerade die Lichtung passiert hatten, auf der wir uns auf dem Hinweg begegnet waren, raschelte es im Gebüsch. Wir drehten uns um. Ein groß gewachsener Mann trat aus dem Unterholz. Er war in einen abgewetzten Lodenmantel gekleidet, an dem ein Hirschhornknopf fehlte. Auf dem Kopf trug er einen alten Filzhut mit einer abgeknickten Feder und über der Schulter hing ein Jagdgewehr mit Zielfernrohr. Der Daumen der einen Hand war unter dem Riemen des Gewehrs eingehakt. Mit der anderen Hand hatte der Mann Sindbad gepackt, den er am Halsband hinter sich herschleifte. Der Hund jaulte leise und versuchte vergeblich, sich gegen die Laufrichtung zu stemmen.

»Das ist doch deine Töle, Geißberger«, rief der Mann mit heiserer Stimme.

»Lass ihn los, Brasse«, antwortete Peter.

»Pass mal auf. Ich sag dir, wie es läuft.«

Der Mann trat auf den Weg hinaus, den Hund immer noch fest im Griff. Sein Gesicht war rot und aufgedunsen und ein Geäst aus feinen scharlachroten Äderchen zierte seine Nase.

»Wenn ich deinen Mistköter noch einmal beim Wildern erwische, knall ich ihn ab. Kapiert?«

»Sindbad wildert nicht.«

»Ach ja? Und was ist mit dem toten Kaninchen, das da hinten im Wald liegt?«

»Das lag heute Morgen schon da«, rief ich.

Jetzt erst entdeckte der Mann, dass Peter nicht alleine war. Er musterte mich von oben bis unten mit seinen gelblichen Augen. Ich klammerte mein Badetuch an mich. Es kam mir vor, als versuchte er, durch meine Kleidung hindurchzusehen. Der Mann lachte blechern, ohne seinen Blick von mir zu nehmen, der auf den Ausschnitt meines T-Shirts geheftet war. Ich verschränkte die Arme fester vor dem Körper.

»Ach, so ist das«, sagte er zu Peter. »Willst dich wohl groß vor deiner neuen Freundin aufspielen. Willst den dicken Max markieren.«

Er kaute auf seiner Unterlippe herum.

»Da hast du dir aber ’ne Hübsche ausgesucht.«

Obwohl ich einige Meter Abstand zu ihm hatte, nahm ich seine Alkoholfahne wahr, die eine leicht süßliche Note hatte. Angeekelt trat ich einen Schritt zurück. Peter griff plötzlich nach Sindbads Halsband und entriss es dem Mann.

»Mach einen Abflug, Herr Jägermeister.«

Sie standen sich so dicht gegenüber, dass sich ihre Nasenspitzen fast berührten. Brasse fletschte die Zähne, trat jedoch einen Schritt zurück. Wir drehten uns um und gingen in Richtung Bauernhof.

»Hat mich gefreut, Sie kennenzulernen, Madame«, rief Brasse mir nach.

Als wir aus dem Wald heraustraten, sah Peter mich an.

»Alles okay?«

»Geht schon. Was war den das für ein widerlicher Typ?«

»Herr Brasse, der Förster. Sympathischer Kerl, was? Und so einer darf mit geladener Waffe rumlaufen.«

»Ich hoffe, er tut Sindbad nichts.«

Peter schüttelte den Kopf.

»Das ist ein Sprücheklopfer. Wenn der Sindbad anrührt, ist er ein toter Mann, und das weiß er auch.«

In der Küche war bereits für das Abendessen gedeckt. Meine Mutter saß am Tisch und war mit Gerda, die gerade einen Braten aus dem Ofen holte, ins Gespräch vertieft. Es musste um Peter und mich gegangen sein, denn als wir hereinkamen, verstummten die beiden. Ein Mann stand an die Anrichte gelehnt, wetzte das Tranchiermesser und sah mich freundlich an. Ich erkannte Peters Gesichtszüge in seinem braun gebrannten Gesicht.

»Du musst Alma sein«, sagte er und legte das Messer zur Seite.

Ich schüttelte seine Hand.

»Ich bin Peters Vater, Johann.«

»Freut mich«, antwortete ich.

Peter begrüßte meine Mutter und als wir uns gerade hingesetzt hatten, platzte Gabor herein. In der Hand hielt er seinen seltsamen Apparat.

»Stiefel aus, wie oft soll ich's noch sagen!«, rief Gerda. Gabor verschwand und kehrte ohne Gummistiefel zurück, sodass man nun freien Blick auf seine Socken hatte, aus denen je ein großer Zeh hervorlugte.

»Und, Gabor, was machen die Schmetterlinge?«, fragte Gerda.

»Was?«

Gabor machte einen ziemlich zerstreuten Eindruck.

Gerda hatte den Braten in Scheiben geschnitten und servierte ihn nun am Tisch.

»Gabor war letzten Sommer schon mal hier. Er sucht nach Schmetterlingen«, erklärte Gerda.

»Frau Geißberger«, setzte Gabor in einem belehrenden Tonfall an, »ich katalogisiere die Insektenbevölkerung des Weihers –«

»Alma hat Bekanntschaft mit Herrn Brasse gemacht«, sagte Peter, sichtlich bemüht, das Thema zu wechseln.

»Wer ist denn das?«, fragte meine Mutter.

»Der gruselige Förster«, erklärte ich. »Dem möchte man nicht im Mondschein begegnen.«

Der Duft des Essens erinnerte mich schlagartig an meinen leeren Magen. Der erste Bissen schmeckte köstlich und ließ mich die Begegnung mit Herrn Brasse fast vergessen.

2

Mit einem Mal war ich hellwach. Ich wusste erst nicht, wo ich mich befand. Die Matratze, auf der ich lag, war weich, die Daunendecke bauschig und warm und in das Kopfkissen sank man ein, wenn man sich darauflegte. Es war das ideale Bett, um sich darin an einem langen Winterabend mit einem Buch zu verkriechen. Und trotzdem war ich aus meinen Träumen gerissen worden.

Ich erinnerte mich nur an einzelne Fetzen und auch die verblichen mit jeder Sekunde mehr. Ich hatte wieder vom Atelier meines Vaters geträumt und von einem seiner Bilder. Es war das erste, das er nach Robertos Unfall gemalt hatte. Robertos größter Schatz war ein Satz Buntstifte gewesen, mit denen er wie ein Verrückter gezeichnet hatte. Alle diese Zeichnungen hatte mein Vater gesammelt und sie, nach Robertos Tod, zu einem einzigen großen Gemälde zusammengeflochten. Es war sein traurigstes Bild. Meine Mutter konnte es nicht betrachten, ohne in Tränen auszubrechen.

Ich nahm *Das Packard-Haus* von meinem Nachttisch und versuchte, darin zu lesen, aber meine Gedanken waren noch zu durcheinander und ich konnte mich nicht konzentrieren. Schließlich legte ich das Buch zur Seite und stand auf. Der Holzboden fühlte sich erstaunlich warm an, was daran lag, dass das Zimmer sich genau über dem Kachelofen in der Küche befand, dessen Wärme nachts nach oben stieg. Ich ging zum Fenster und spähte hinaus. Die Landschaft lag still und dunkel im fahlen Mondlicht da.

Gerade wollte ich mich wieder ins Bett legen, als ich etwas Merkwürdiges entdeckte. Am Waldrand, einige Meter neben dem Weg, der zum Weiher führte, blinkte ein schwacher Lichtschein auf. Sendete da jemand ein Signal? Ich beschloss, mir die Sache genauer anzusehen. An der Wand neben dem Schrank hing das Geweih eines Rehbocks und daran baumelte ein altes Jagdfernglas. Ich schnappte es mir, ging zurück ans Fenster und richtete es auf den Waldrand. Das Blinken war verschwommen zu erkennen. Ich stellte das Fernglas scharf. Nun war es deutlicher zu sehen. Meine Enttäuschung war groß. Es handelte sich lediglich um ein paar Glühwürmchen, die in der Dunkelheit ihren Liebestanz aufführten. Ich sah ihnen eine Weile zu. Die Lichtpunkte schienen geheimnisvolle Zeichen in die Luft zu malen. Gab es vielleicht eine unentdeckte Sprache der Glühwürmchen? Waren diese Zeichen vielleicht Buchstaben einer längst verlorenen Schrift? Und wirklich, je länger ich dem Glimmen in der Dunkelheit zusah, desto mehr glaubte ich, einzelne Buchstaben erkennen zu können. Das da zum Beispiel sah wie ein *A* aus. Und das war ohne Zweifel ein *L*, gefolgt von einem *M*. Und nun wieder ein *A*.

Ich stutzte.

ALMA? Hatten die Glühwürmchen wirklich meinen Namen geschrieben? Das war doch unmöglich. Ich starrte gebannt durch das Fernglas auf die tanzenden Lichter. Minute um Minute verstrich, doch es war kein weiterer Buchstabe zu erkennen. Wahrscheinlich hatte ich mir das bloß eingebildet, aber irgendwie ließ es mich nicht los. Hatte Roberto mich wieder gerufen, wie draußen am Weiher? Ich verstaute das Fernglas und legte mich zurück ins Bett.

Niemand hatte Schuld an Robertos Tod. Wenn überhaupt, dann er selbst. Er war auf dem Heimweg zwischen zwei parkenden Autos hindurchgerannt, weil sein Fußball ihm aus den Händen gerutscht war. Der Fahrer des roten Kombis, der später zu Protokoll gab, dass er noch nie in seinem Leben zu schnell gefahren sei, was eine Überprüfung des Polizeiregisters bestätigte, hatte keine Chance gehabt zu bremsen. Das Auto erfasste Roberto und schleuderte ihn acht Meter weit. Er starb noch am Unfallort.

Es war eine furchtbare Zeit. Wir heulten uns zu dritt die Augen aus. Keiner von uns traute sich, Robertos Zimmer zu betreten. Als sich die erste Trauer legte, gingen die Anschuldigungen los.

›Ich habe diese Schule nie gemocht‹, sagte mein Vater, was meine Mutter als: *Wenn er auf eine andere Schule gegangen wäre, wäre er noch am Leben* verstand.

›Wenn du ihn nicht immer mit deinem Fußball verrückt gemacht hättest‹, giftete sie zurück und so nahm es seinen Lauf.

Sie wussten beide, dass niemand etwas für Robertos Tod konnte, doch es war leichter, irgendwo die Schuld zu suchen, als damit klarzukommen, dass es einfach nur eine Fügung des Schicksals gewesen war. Diese kleinen Sticheleien entwickelten eine Fliehkraft, die die Ehe meiner Eltern innerhalb weniger Monate auseinanderriss. Mein Vater wandte sich immer mehr ab, verschanzte sich in seinem Atelier und malte Roberto, immer wieder Roberto, als könne er ihn zum Leben erwecken, wenn er ihn nur genau genug traf. Seine früheren Bilder waren abstrakter gewesen – grobe Pinselstriche, die erst ein Ganzes ergaben, wenn man einige Schritte von der Leinwand zurücktrat –, doch die Bilder von Roberto sahen beinahe aus wie Fotos, jedes Haar und jeder Leberfleck war genau zu erkennen. Meine Mutter hasste diese Bilder und weigerte sich, sein Atelier zu betreten. Ich konnte nur zusehen, während das Schiff ihrer Ehe langsam Wasser aufnahm und unterging. Mein Vater hatte Affären und kam immer öfter betrunken nach Hause. Anfang des Sommers trennten sie sich endgültig. Er zog nach Mexiko. Er wollte so weit weg wie möglich von allem, was ihn an seinen Sohn erinnerte. Obwohl ich froh war, dass die Streitereien und die Tränen mit seinem Auszug ein Ende hatten, war seitdem kein Tag vergangen, an dem ich ihn nicht vermisste – mit meinem ganzen Herzen und meiner ganzen Seele vermisste.

Butter war Butter. Ich hätte nie geglaubt, dass es da große Unterschiede gibt. Aber das, was ich mir am nächsten Morgen zum Frühstück aufs Brot schmierte, schmeckte ganz anders. Es schmeckte nach Wiese, nach Sonne und nach frischer Milch. Diese Butter war so lecker, dass ich überhaupt keine Marmelade daraufstreichen wollte. Vom Brot ganz zu schweigen. Es war noch warm, die Kruste goldbraun und innen so locker und saftig, dass es noch dampfte. Wenn ich für den Rest meines Lebens nur noch dieses Brot mit dieser Butter hätte essen dürfen, wäre ich glücklich gewesen. Auch meine Mutter war begeistert.

»Gerda, das ist das beste Brot, das ich je gegessen habe«, beteuerte sie mit vollem Mund.

Die Bäuerin war sichtlich erfreut. Gabor betrat mit seinem Ultraschall-Apparat die Küche, nahm mit einem knappen »Danke« die belegten Brote, die Gerda für ihn vorbereitet hatte, und ging mit einem Nicken in unsere Richtung aus dem Haus.

»Haben Sie gut geschlafen?«, erkundigte sich Gerda.

»Sehr gut«, antwortete meine Mutter.

»Willst du noch etwas Kaffee, Alma?«

»Danke, gern. Wo ist denn Peter?«

In diesem Moment betrat er die Küche.

»Na, seid ihr Schlafmützen auch schon aufgestanden?«

»Wir sind im Urlaub, da muss man nicht früh aufstehen«, entgegnete ich.

»Kommst du mit zum Weiher?«

Die Antwort erübrigte sich.

Dieser Tag war noch heißer als der gestrige. Peter und ich gingen den Weg zum Wald hinauf. Sindbad folgte uns. Er rannte mal hierhin, mal dorthin und schnupperte ausgiebig an Zaunpfählen und Bäumen.

Als wir am Weiher ankamen, breiteten wir unsere Badetücher aus, zogen uns um und sprangen ins Wasser. Sindbad hatte sich am Ufer niedergelassen und beobachtete uns aus sicherer Entfernung. Als es ihm zu langweilig wurde, machte er einen Satz und landete mit einem Bauchplatscher zwischen uns. Er paddelte zunächst enthusiastisch herum, doch seine Begeisterung für das Schwimmen hielt nicht lange an und bald kletterte er wieder ans Ufer. Er schüttelte sein Fell, dass es nur so spritzte, und eine ältere Dame, die beim Sonnenbaden eingeschlafen war, wurde durch die unfreiwillige Dusche abrupt geweckt. Ihr empörtes Gezeter machte wenig Eindruck auf Sindbad, der sich schon in die Sonne gelegt hatte, um sein Fell zu trocknen. Ich musste mir das Lachen verkneifen. Wir beschlossen, Sindbads Beispiel zu folgen, verließen das Wasser und streckten uns auf unseren Badetüchern aus. Ich las ein paar Kapitel in meinem Buch, dann schloss ich die Augen und döste.

Als ich die Augen wieder öffnete, kam gerade eine Gruppe Jungs aus dem Wald und ging die Liegewiese entlang, angeführt von dem widerlichen Förster. Sie waren alle um die zwanzig, so wie Peter. Sindbad knurrte leise, doch Brasse tat so, als würde er uns nicht bemerken. Einer der vier Jungs nickte Peter zu. Dann sah er zu mir herüber und lächelte kurz, bevor er den anderen folgte.

»Freunde von dir?«, fragte ich Peter.

»Na ja, Freunde nicht direkt. Die hängen mir zu viel mit diesem Förster rum. Ich bin auch mal mitgegangen. Die sitzen in seiner Hütte, trinken Bier und erzählen sich irgendwelche Frauengeschichten. Nicht so meine Sache.«

Ich sah der Gruppe nach und kraulte Sindbad am Kopf, der sich schon wieder beruhigt hatte. Wenig später packten wir unsere Sachen und machten uns auf den Heimweg.

Die untergehende Sonne warf lange Schatten auf den Kiesweg, auf dem Peter und ich uns nun beeilten, den Hof zu erreichen. Nach so einem anstrengenden Tag am Wasser hatten wir mächtig Hunger – mein Magen knurrte schon laut.

Sindbad drehte sich um und spitzte die Ohren.

»Das war das Waldmonster, Sindbad«, rief Peter ihm zu. »Such, Sindbad, such!«

Der Hund hob tatsächlich die Schnauze in die Luft, um die Witterung des *Monsters* aufzunehmen. Und dann geschah es. Etwas Weißes schoss aus dem Unterholz und blieb direkt vor uns, mitten auf dem Weg, stehen. Eine Schrecksekunde lang starrte es uns an. Es war ein Kaninchen. Sindbad hob die Ohren. Die Zeit schien stillzustehen. Niemand bewegte sich. Dann machte das Kaninchen einen Satz und verschwand im Unterholz.

»Sindbad, bei Fuß!«, rief Peter.

Doch es war zu spät. Der Hund war wie der Blitz hinterhergesprungen. Nur noch ein Rascheln war zu hören, das sich schnell entfernte und bald ganz verklungen war.

Peter rief noch ein paar Mal nach ihm, doch der Hund blieb verschwunden.

»Meinst du, er findet alleine nach Hause?«, fragte ich.

»Das schon«, antwortete Peter. »Aber wenn Brasse ihn beim Kaninchenjagen erwischt ...«

Er fuhr mit dem Zeigefinger an seiner Kehle entlang. Wir erreichten den Hof, gerade als es Abendessen gab.

Sindbad kam an diesem Abend nicht zurück.

Ich stehe wieder im Atelier meines Vaters. An den Wänden hängen einige Leinwände, die alle dasselbe Bild zeigen, als hätte mein Vater es wieder und wieder gemalt. Es ist Roberto, auf dem Weg zur Schule. Er steht am Rande des Bürgersteigs und sieht mich an. Unter seinem Arm klemmt sein Fußball. Eine große Version dieses Bildes steht auf einer Staffelei in der Mitte des Raumes. Ich bemerke, wie Robertos Lippen sich bewegen, als wolle er mir etwas sagen. Ich trete näher an das Bild heran und mit jedem Schritt wird es echter, während das Atelier um mich herum immer mehr wie ein Gemälde aussieht. Schließlich steige ich, wie durch ein Fenster, in die Leinwand hinein. Roberto steht auf der anderen Straßenseite und ruft mir etwas zu. Ich kann es nicht verstehen. Ich versuche, zu ihm hinüberzugehen, doch der Verkehr ist zu stark. Autos, Lastwagen und Motorräder brausen unablässig die Straße hinunter. Ich versuche, Roberto mit Zeichen zu verstehen zu geben, dass ich ihn nicht hören kann. Er sieht verzweifelt aus, als sei die Nachricht, die er für mich hat, zu wichtig, als dass sie warten könnte. Er dreht seinen Kopf nach rechts und nach links und erst zu spät begreife ich, was er vorhat. Als sich eine Lücke im Verkehr auftut, läuft er los.

Ich schreie: ›Roberto! Tu's nicht!‹, aber er hört nicht auf mich.

Am Mittelstreifen bleibt er kurz stehen, um einen Lkw vorbeizulassen, dann rennt er weiter. Er hat es fast geschafft, als ein roter Wagen ihn erfasst und meterweit durch die Luft schleudert. Ich sehe es, nehme es wahr wie in Zeitlupe. Ich renne zu der zusammengesackten kleinen Gestalt, die wie ein verdrehtes Bündel Kleider am Boden liegt. Ich knie neben ihm nieder und nehme seinen Kopf in meine Arme. Blut rinnt aus einer tiefen Wunde an seiner Schläfe, doch er klammert sich mit all seiner Kraft an die letzten Momente seines Lebens.

›Alma …‹, haucht er mit tonloser Stimme. ›Alma … lass mich nicht allein. Ver… versprich es mir.‹

Er hustet. Feine rote Tropfen bedecken meine Hand, die seine Wange hält. Meine Tränen fallen auf sein Gesicht. Das Leben weicht aus seinem Blick.

»Alma? Bist du wach?«

Ich öffnete die Augen und blickte in das besorgte Gesicht meiner Mutter.

»Du weinst ja!«

»Ach Quatsch. Ich habe Heuschnupfen«, sagte ich verschlafen. Meine Mutter kannte mich zu gut und schien nicht überzeugt zu sein.

»Du hattest doch noch nie Heuschnupfen.«

»Ich war ja auch noch nie auf dem Land. Was machst du eigentlich in meinem Zimmer?«

»Ich wollte fragen, ob du mit mir frühstücken gehst. Da habe ich dich durch die Tür gehört.«

»Belauschst du mich jetzt etwa?«

»Schon gut, schon gut.«

Sie verließ das Zimmer und wenig später hörte ich das Wasser im Bad laufen.

Ich gähnte. Sollte die frische Landluft nicht eigentlich für einen ruhigen Schlaf sorgen? Bis jetzt hatte ich jedenfalls nur Albträume gehabt. Ich versuchte, mich zu erinnern, was mich im Schlaf zum Weinen gebracht hatte, aber außer dem Nachhall eines Gefühls der Trauer war von dem Traum nichts geblieben.

Ich stand auf, ging zum geöffneten Fenster und rieb mir die Augen. Eine Weile sah ich den Kühen zu, die wieder ihrer Lieblingsbeschäftigung, dem Nichtstun, nachgingen. Ich freute mich schon auf den traumhaften Sommertag, der vor mir lag.

Beim Frühstück langte ich kräftig zu. Ich wusste, dass es einige Zeit vorhalten musste, da auch heute ein sonniger Tag und das kühle Wasser des Weihers auf uns warteten. Gerda hatte wieder von dem Brot und der leckeren Butter aufgetischt und ich stellte begeistert fest, dass alles sogar noch besser schmeckte als am Vortag. Peter betrat die Küche. Er sah besorgt aus.

»Sindbad ist nicht wiedergekommen.«

Ich sah ihn erschrocken an. Peters Mutter versuchte, ihn zu beruhigen.

»Der Hund hat halt seinen eigenen Kopf. Er ist doch schon öfter mal ein paar Tage weggeblieben. Wirst sehen, er taucht schon wieder auf.«

Peter setzte sich und schmierte sich wortlos ein Brot. Ich sah ihm an, dass er sich immer noch Sorgen machte.

Die Zeit schien stillzustehen. Ich schwebte in der Luft, über mir der blaue Himmel, unter mir das dunkle Wasser. Das nenne ich Urlaub, dachte ich noch, dann holte die Schwerkraft mich wieder ein und ließ mich mit einem Platscher kopfüber ins Wasser eintauchen. Für eine Sekunde raubte mir die Kälte die Luft, doch im nächsten Moment hatte ich mich daran gewöhnt und ich durchbrach mit einem kräftigen Schwimmzug die Oberfläche. Peter saß in dem kleinen Holzboot, mit dem wir vom Bootssteg aus in die Mitte des Weihers gerudert waren und von dem aus ich ins Wasser gesprungen war. Er blickte abwesend auf den See hinaus. Ich schwamm zum Boot zurück und hielt mich an der Außenwand fest.

»Erde an Peter! Erde an Peter!«

Er drehte sich zu mir.

»Hm.«

»Jetzt sei nicht so ein Langweiler.«

»Ich mache mir Sorgen wegen Sindbad.«

»Du versaust mir mit deinem langen Gesicht den Urlaub.«

Peter setzte kurz ein unechtes Grinsen auf und drehte sich dann wieder zur anderen Seite.

Ich ließ mich ins Wasser gleiten, schwamm unter dem Boot hindurch und tauchte auf Peters Seite wieder auf. Ich zog eine Fratze.

»Huuuu, ich bin eine Wasserleiche!«

Peter musste unwillkürlich lachen. Er sah mich an. Ich lächelte zurück. Doch dann fiel sein Blick auf etwas, das hinter mir im Wasser trieb.

»Was ist das? Da hinten schwimmt etwas.«

Ich kletterte hastig ins Boot.

»Wo?«, fragte ich ein wenig ängstlich.

Peter deutete auf den Weiher hinaus, ein paar Meter Richtung Norden.

»Da drüben.«

Jetzt sah ich es auch. Es war klein und rund, von dunkler Farbe, mit zwei Einbuchtungen, die wie Augen aussahen. War das der Kopf eines Tieres? Seltsamerweise verhielt es sich ganz still, weder der Wind noch die Wellen konnten es vom Fleck bewegen. Wir beschlossen, es uns aus der Nähe anzusehen. Ich ruderte, während Peter am Bug stand und das seltsame Ding beobachtete. Als wir es erreichten, beugte Peter sich vor, um es genauer zu betrachten. Ich kletterte vorsichtig zu ihm und sah auch ins Wasser.

Es gibt Momente im Leben, die man nie wieder vergisst. Entweder sind sie so über alle Maßen schön, dass die bloße Erinnerung daran einem das Herz wärmt, oder sie sind so schrecklich, dass sie einem auch Jahre später noch einen kalten Schauer über den Rücken jagen. Und genau so ein Moment war es, den wir erlebten, als wir uns über den Rand des Bootes beugten, um das rätselhafte Treibgut zu betrachten. Das schwarze Ding, das da vor uns trieb, war eine Nase, die dunkle Lederschnauze eines Tieres. Und oberhalb dieser Nase schimmerten, knapp unter der Oberfläche des schwarzbraunen Wassers, zwei tote Augen, die uns mit traurigem Blick anstarrten. Es waren Sindbads Augen.

»Nein! Oh Gott, nein! Sindbad!«

Peter war vorgestürzt, hatte die Arme ins Wasser getaucht und umklammerte den Kopf seines Hundes.

»Sindbad!«

Ich griff nach den Vorderbeinen und gemeinsam hievten wir den Körper des Tieres ins Boot.

»Nein, das kann nicht sein. Bitte sag mir, dass das nicht sein kann.«

Peters Stimme zitterte. Jetzt zeigte sich, welches Schicksal den armen Hund ereilt hatte. An einen seiner Hinterläufe hatte jemand ein Seil gebunden, an dessen Ende ein Stein hing. Der Hund war ertränkt worden.

»Sindbad! Nein!«

Peter vergrub sein Gesicht tief im nassen Fell seines toten Hundes. Ich streichelte Sindbads Kopf, als wollte ich seine Qualen im Nachhinein erträglicher machen. Einige seiner Haare lösten sich und klebten an meinen feuchten Handflächen. An seinem Hinterkopf klaffte eine frische Wunde, als hätte ihn jemand mit einem schweren Gegenstand niedergeschlagen. Also war er erst erschlagen und seine Leiche dann versenkt worden.

Sindbads Maul stand offen. Seine Zunge hing leblos herunter. Als ich das Gewicht seines Kopfes verlagern wollte, fiel etwas aus seinem Maul in die Pfütze, die sich am Boden des Bootes gebildet hatte. Es glitzerte in der Sonne. Ich hob es vorsichtig auf und betrachtete es. Es war ein Insekt, ein Käfer, ungefähr halb so groß wie mein Daumen. Sein Kopf war halbkreisförmig, mit kurzen Fühlern, die wie Korrektur-Häkchen von seiner

Stirn abstanden. Der Körper war länglich und von zwei Flügeln geschützt, die die Farbe von Milchschokolade hatten. Das Hinterteil lief spitz zu und war seltsam transparent, wie die Haut einer grünen Weintraube. Wie war der Käfer in Sindbads Maul gekommen? Irgendetwas kam mir daran seltsam vor und ich beschloss, ihn aufzuheben. Vielleicht konnte Gabor mir mehr darüber erzählen.

»Wer tut so etwas?«, murmelte Peter.

Mir fehlten die Worte. Das Einzige, was ich tun konnte, war, meinen Arm um Peter zu legen und mit ihm zu weinen. Lange Zeit verharrten wir so, während das Boot in der Mittagshitze über den Weiher trieb.

Das Abendessen fand in bedrückender Stille statt. Peter nahm gar nicht daran teil. Er hatte noch Sindbads Beerdigung beigewohnt, dann war er verschwunden. Ich machte mir große Sorgen um ihn und wollte so schnell wie möglich nach ihm sehen. Doch obwohl mir eigentlich nicht nach essen zumute war, musste ich zuerst meinen Hunger stillen. Dieser Tag hatte viel Kraft gekostet.

Nachdem ich fertig war, ging ich nach draußen, um Peter zu suchen. Ich fand ihn hinter dem Haus auf einer Bank. Ich setzte mich zu ihm.

»Wie geht es dir?«

Ich kam mir blöd vor, da die Antwort ja offensichtlich war, aber ich wusste nicht, was ich sonst sagen sollte. Er hob den Kopf.

»Nicht besonders. Komisch, wie sehr einem so ein blödes Vieh ans Herz wächst. Wir hatten ihn, seit ich zehn war.«

Eine Weile saßen wir nur so da.

Er nahm meine Hand.

»Du hast dir deinen Urlaub sicher anders vorgestellt.«

Etwas an der Art, wie er mich berührte, die Selbstverständlichkeit, mit der er meine Hand ergriffen hatte, und die Trauer in seiner Stimme erzeugten ein wohliges Kribbeln in meiner Magengegend. Ein trauernder Mann hat etwas sehr Anziehendes, dachte ich.

Schweigend saß ich neben ihm und genoss die kühle Nachtluft.

3

Ich hatte wieder schlecht geschlafen, als ich am nächsten Morgen zum Frühstück nach unten ging. Gabor war in sein Buch vertieft, als ich die Küche betrat. Sofort fiel mir der Käfer ein, der aus Sindbads Maul gefallen war. Ich rannte nach oben, holte ihn aus der Schublade des Nachtschränkchens, in der ich ihn gestern Abend deponiert hatte, und lief zurück in die Küche. Gabor war schon aufgestanden und hatte sich seine Gummistiefel angezogen.

»Kannst du mir sagen, was das ist?«, fragte ich und zeigte ihm das tote Insekt.

Als er sah, was ich ihm da entgegenstreckte, machte er große Augen. Er zückte ein Vergrößerungsglas aus einer seiner Westentaschen und hielt es über den Käfer.

»Hmm … äußerst interessant«, sagte er mehr zu sich selbst. »Verwandt mit Lamprohiza splendidula, würde ich sagen, doch dieses Exemplar ist zu groß. Die Fühler sind länger. Aha! Das ist ja merkwürdig.«

Er hatte den Käfer umgedreht und betrachtete seinen Unterleib.

»Ein sehr ausgeprägter Leuchtkörper.«

Er sah mich mit einem Blick an, als hätte ich etwas gestohlen, das ihm gehörte.

»Wo hast du ihn her, Alma?«

»Er … er war in Sindbads Maul.«

»Im Maul des Hundes? Insekten nisten sich oft in Kadavern ein. Sie bieten eine ideale Brutstätte. Wusstest du, dass man durch den Insektenbefall sogar den genauen Todeszeitpunkt feststellen kann?«

»Hab ich mal im Fernsehen gesehen.«

»Ich bin mir nicht sicher, aber ich glaube, dies ist eine neue Gattung. Sie wurde jedenfalls noch nie in der mir bekannten Fachliteratur erwähnt. Kann ich dieses Exemplar behalten?«

»Klar«, sagte ich und zuckte mit den Schultern. »Ach ja, du hast vorhin einen lateinischen Namen erwähnt. Lampro– irgendwas ...«

»Lamprohiza splendidula.«

»Was ist das?«

»Besser bekannt als Glühwürmchen«, antwortete er.

Es traf mich völlig unvorbereitet und mit voller Wucht. Als hätte jemand einen alten Fernseher in meinem Kopf auf einen anderen Kanal geschaltet, blitzte es vor meinen Augen, sah ich den leuchtenden Schwarm am Waldrand, der meinen Namen in die Nacht geschrieben hatte, hörte ich Robertos Stimme flüstern: ›Ella perdió su caballito del diablo‹, sah ich Sindbads tote Augen, die mich aus dem Wasser heraus anstarrten. Und dann erinnerte ich mich wieder an den Traum, an meinen sterbenden Bruder in meinen Armen und an seine Worte: ›Alma, lass mich nicht allein.‹ Das waren keine Zufälle, keine Hirngespinste, keine Albträume einer unruhigen Nacht, es war ein Versuch, mit mir Kontakt aufzunehmen. Roberto wollte zu mir, das wusste ich jetzt, so sicher, wie ich meinen eigenen Namen kannte. Aber warum? Und warum jetzt?

Ich bemerkte, dass Gabor mich anstarrte. Ich musste ziemlich dämlich ausgesehen haben, wie ich so in Gedanken versunken dastand. Ich lächelte ihm kurz zu und ging nach draußen, um Peter zu suchen.

Ich fand ihn auf der Bank sitzend, als hätte er die ganze Nacht dort verbracht. Er war immer noch traurig, aber er schien den ersten Schock überwunden zu haben. Trotz der anhaltenden Hitze gingen wir nicht zum Weiher. Das Letzte, wonach Peter jetzt der Sinn stand, war, an den Ort zurückzukehren, an dem er Sindbad tot aufgefunden hatte.

Wir beschlossen, den Tag unten im Dorf zu verbringen. Peter war anfangs noch sehr bedrückt, doch nach und nach besserte sich seine Stimmung. Er führte mich herum und wusste zu jedem Brunnen und jeder Statue etwas zu erzählen. Peter verstand es, die Geschichten so auszuschmücken, dass mir nie langweilig wurde. Dass es dabei nicht immer ganz mit der Wahrheit zuging, war mir ziemlich gleichgültig.

Am interessantesten war das Heimatmuseum. Es bestand aus mehreren Zimmern, die den Innenräumen alter Bauernhäuser nachempfunden waren. Bewohnt wurden sie von gesichtslosen Puppen, die, in altmodische Kleidung gehüllt, stumm und reglos ihren Tätigkeiten nachgingen. Ein Knecht mistete den Stall einer Plastikkuh aus, deren hellbraune Haut an einigen Stellen abgewetzt war. In einer Wohnstube saß eine Bäuerin an einem großen Webstuhl und webte einen Teppich, der nie fertig werden würde. Auf dem Boden neben ihr spielten zwei gruselige Kinderpuppen mit einem Plüschhund. Doch der Höhepunkt der Ausstellung befand sich in einem verdunkelten Raum, den man über eine Wendeltreppe erreichte, die im letzten Saal ins Untergeschoss führte. In einem Glaskasten lag dort eine echte Moorleiche, deren Haut die Farbe von trockener Erde hatte. Laut Beschreibung handelte es sich um den Körper eines Mädchens, das vor knapp dreihundert Jahren im Moor hinter dem Weiher versunken war. Ihre Augenhöhlen waren leer und ihr Mund war zu einem Grinsen erstarrt. Sie hatte die Beine an den Körper gezogen und mit einem Arm umschlungen. Der andere Arm war ausgestreckt, als wollte sie nach etwas greifen.

»So was habe ich noch nie gesehen«, sagte ich ehrfürchtig.

»Gefällt sie dir?«, fragte Peter.

Ich nickte.

»Sie ist unheimlich.«

»Das musste ich dir zeigen, du bist doch so ein Horror-Fan.«

Ich ging um den Glaskasten herum und betrachtete die Moorleiche von allen Seiten.

»Stell dir vor, sie ist gar nicht tot. Stell dir vor, ihr Geist wäre mit ihrem Körper konserviert worden und würde jede Nacht ruhelos durch das Dorf schleichen.«

Peter lachte.

»Ich sollte ein Lied über sie schreiben.«

»Ich weiß nicht, ob es was damit zu tun hat, aber wenn ich so etwas sehe, dann scheint mir die Möglichkeit, dass es Geister gibt, nicht mehr so weit hergeholt ...«

... und wenn man die Stimme seines toten Bruders hört, dachte ich, sprach es aber nicht aus.

Wir verließen das Museum und beschlossen, uns eine Pause zu gönnen. Vor einer Eisdiele setzten wir uns in den Schatten eines Sonnenschirms und bestellten die größten Eisbecher, die auf der Karte zu finden waren. Als auch das letzte bisschen Sahne aus den Gläsern gekratzt war, lehnten wir uns zurück und beobachteten die Menschen, die an diesem Nachmittag in der Fußgängerzone ihre Einkäufe erledigten.

Schließlich sprach Peter mich an.

»Ich habe mir den ganzen Tag den Mund fusselig geredet, jetzt bist du an der Reihe.«

»Was soll ich denn erzählen?«

»Etwas über dich.«

»Ich mag reiten, schwimmen, Rad fahren, schwärme für Tokio Hotel und esse am liebsten Pizza«, sagte ich in einem ironischen Tonfall.

»Jetzt mal im Ernst. Ich weiß gar nichts über dich. Wie kommt es zum Beispiel, dass du mit ... Wie alt bist du?«

»Achtzehn, fast neunzehn.«

»… mit achtzehn, fast neunzehn, mit deiner Mutter Urlaub auf einem Bauernhof machst? Die meisten Familien, die zu uns kommen, haben wesentlich jüngere Kinder. Und dass du überhaupt noch mit deiner Mutter verreist …«

»Wir sind früher immer nach Spanien ans Meer gefahren, aber das wollten wir dieses Jahr nicht.«

»Und warum?«

Ich überlegte, ob ich mir eine Ausrede einfallen lassen sollte, und versuchte, Zeit zu gewinnen.

»Das ist kompliziert.«

»Erzähl es mir.«

Ich wollte eigentlich nicht. Ich wollte nicht schon wieder von Roberto erzählen und mir die leeren Mitleidsbekundungen anhören, die jedes Mal folgten. Aber ich fing trotzdem mit der Geschichte an und war überrascht, als Peter mich nicht ein einziges Mal unterbrach. Er sah mich nur an und hörte mir aufmerksam zu. Erst am Ende, als ich erzählt hatte, wie mein Vater seine Sachen gepackt hatte und ausgezogen war, unterbrach er mich.

»Hast du dich gut mit deinem Bruder verstanden?«

»Ja, ich habe ihn sehr lieb gehabt.«

Aus heiterem Himmel fühlte ich, wie meine Augen feucht wurden und mir Tränen über das Gesicht liefen. Was war mit mir los? Ich hatte schon seit Monaten nicht mehr um Roberto geweint. War es, weil ich so intensiv von ihm geträumt hatte? Oder war es Peters Art zu fragen? Peter legte seine Hand auf meinen Arm, was meinen Gefühlsausbruch noch verschlimmerte. Ich kam mir blöd vor, so unvermittelt vor ihm loszuheulen. Ich zog meinen Arm zurück, stand auf und ging zur Toilette der Eisdiele. Dort wischte ich mir die Tränen ab und atmete ein paarmal tief durch. Als ich wieder an den Tisch kam, sah Peter mich besorgt an.

»Alles okay?«

Ich nickte nur.

»Tut mir echt leid. Ich hatte keine Ahnung, dass dich das so mitnimmt.«

»Macht nichts«, antwortete ich knapp.

Auf dem Rückweg zum Bauernhof passierten wir eine Wiese, die am östlichen Ende des Dorfes lag. Von großen Lastern, die auf dem Gras geparkt waren, wurden Zeltplanen, Metallstreben und schweres Gerät abgeladen. Eine Gruppe schweißgebadeter Männer baute sie zu Buden, Fahrgeschäften und Bierzelten zusammen. Am Rand der Wiese standen einige Wohnwagen, dazwischen waren Leinen gespannt, an denen diverse Kleidungsstücke zum Trocknen in der Sonne hingen.

»Das hatte ich ja ganz vergessen«, rief Peter. »Morgen geht der Jahrmarkt wieder los. Hast du Lust hinzugehen?«

»Klar!«

Für so was war ich immer zu haben. Ich liebte den Trubel, die laute Musik und die Gerüche, die sich über einen ergossen, wenn man sich zwischen den Buden durch die Menschenmassen zwängte.

Als wir zum Hof zurückkehrten, wartete Peters Vater mit einer Überraschung auf uns. Er hatte beschlossen, ein Grillfest zu veranstalten, um Peter auf andere Gedanken zu bringen. Hinter dem Haus hatte er den größten Grill aufgebaut, den ich je gesehen hatte. Daneben standen mehrere Reihen Bierbänke, auf denen schon einige Gäste Platz genommen hatten. Als Johann Geißberger seinen Sohn entdeckte, kam er mit ausgestreckten Armen auf ihn zu. »Komm her, mein Junge«, sagte er und nahm ihn in die Arme. »Weißt du, ich vermisse den blöden Köter«, flüsterte er Peter zu.

Für einen Moment dachte ich, er würde anfangen zu weinen, doch dann löste er sich von seinem Sohn.

Immer neue Gäste strömten auf die Wiese hinter dem Bauernhaus.

»Deinem Vater scheint Sindbad ja sehr am Herzen gelegen zu haben.«

»Das schon. Aber, ehrlich gesagt, er liebt Grillfeste über alles. Er braucht keinen großen Vorwand, um die Kohlen anzuheizen.«

Meine Mutter saß mit Gerda an einem der Tische und unterhielt sich angeregt. Wir setzten uns dazu. Bald schien es, als sei das ganze Dorf gekommen. Peter besorgte uns zwei eisgekühlte Biere. Johann, der wie der Anheizer einer alten Dampflok hinter seinem Grill stand, blickte wohlwollend in die Runde. Offenbar war er mit der Zahl der Gäste zufrieden.

An einem Tisch, am hinteren Teil der Wiese, entdeckte ich zwei Jungs, die mir bekannt vorkamen. Ich hatte sie am Weiher, in Begleitung des Försters, gesehen. In diesem Moment blickte einer der beiden zu mir herüber. Er prostete mir zu. Ich wandte mich ab und stieß mit Peter an.

»Das mit Sindbad scheint deinen Vater doch mehr mitgenommen zu haben, als er durchblicken lassen wollte.«

»Er hätte es zwar nie so direkt zugegeben, aber ich glaube, er hat den Hund abgöttisch geliebt. Als Sindbad noch ein Welpe war, ist er ihm einmal vors Auto gerannt und hat sich die Pfote gebrochen. Mein Vater hat ihn sofort ins Kreiskrankenhaus gefahren und darauf bestanden, dass man ihn dort versorgt. Danach ist er eine Woche lang nicht von seiner Seite gewichen. Er hat Sindbads Körbchen sogar ins Schlafzimmer gestellt, was vorher undenkbar gewesen wäre.«

»Peter?«, rief Gerda herüber. »Sei doch ein Gentleman und hol den Damen was zu essen.«

Peter stand auf und ging zum Grill, wo sich schon eine lange Schlange gebildet hatte.

»Wollt ihr noch eins?«, fragte ich Gerda und meine Mutter, deren Gläser leer waren.

»Gerne«, antwortete Gerda.

Ich stand auf, doch bevor ich mich auf den Weg zur Wasserwanne machen konnte, in der die Bierflaschen abkühlten, schlang meine Mutter ihre Arme um mich.

»Weißt du überhaupt, wie lieb ich dich hab?«, fragte sie mit einem kaum hörbaren Lallen.

»Ja, Mama, weiß ich«, antwortete ich lächelnd. Sie trank nicht oft Alkohol und es reichte schon eine kleine Menge, um sie in einen leichten Rausch zu versetzen, der sich dadurch äußerte, dass sie die ganze Welt mit Liebesbekundungen überschüttete.

Ich ging zu der Wanne und fischte vier Flaschen aus dem kalten Wasser.

»Bist du hier zu Besuch?«, fragte eine Stimme.

Ich drehte mich um. Der Junge, der mir zugeprostet hatte, stand mit seinem Freund hinter mir. Ich nickte.

»Ich heiße Lukas. Das ist Oliver.«

Sie gaben mir die Hand, während ich versuchte, die Flaschen in meinen Armen zu balancieren. Oliver nahm sie mir schließlich ab. Lukas war dünn und hatte dunkle, kurze Haare. Oliver war fast zwei Meter groß und hager.

»Ich heiße Alma«, sagte ich.

»Alma, das ist ein schöner Name.«

Irgendwie hatte ich das Gefühl, Lukas hätte dasselbe geantwortet, wenn ich Sabine oder Michaela gesagt hätte. Es klang auswendig gelernt.

»Wir haben gehört, was mit Peters Hund passiert ist. Kannst du ihm ausrichten, wie leid es uns tut?«, sagte Lukas.

»Warum sagt ihr ihm das nicht selbst?«

»Ich glaube, er ist nicht so gut auf uns zu sprechen.«

»Okay«, antwortete ich schulterzuckend.

Ich sah, dass Peter an unseren Tisch zurückgekehrt war und sich nach mir umsah.

»Ich muss jetzt zurück«, sagte ich knapp.

Oliver gab mir die Bierflaschen.

Als ich mir meinen Weg durch die Menge bahnte, entdeckte ich Gabor, der, mit seinem Apparat über der Schulter, aus dem Wald kam. Er ließ den Kopf hängen und schien den Menschenauflauf um ihn herum gar nicht wahrzunehmen. Seine Gesichtszüge waren angespannt. Er sah frustriert aus. Als ich unseren Tisch erreichte, verschwand er gerade im Haus. Ich stellte die Bierflaschen ab und setzte mich neben Peter. Vor mir stand ein Pappteller mit gegrilltem Fleisch, das hervorragend duftete.

»Ich soll dir von den beiden da hinten ausrichten, dass ihnen die Sache mit Sindbad sehr leidtut.«

»Die hab ich ja gefressen«, antwortete Peter mürrisch.

»Was ist denn mit denen?«

»Die hängen doch dauernd mit Brasse rum und wenn einer den Hund auf dem Gewissen hat, dann er. Ich hab mir schon überlegt, ob ich ihn mir nicht mal vorknöpfe.«

»Peter!«, rief Gerda entsetzt.

»Ist doch wahr! Der Typ ist gefährlich.«

»Du weißt doch noch, wie er selbst gelitten hat, als sein Hund gestorben ist. Brasse ist nicht der angenehmste Zeitgenosse, aber einem Hund würde er niemals etwas antun.«

Peter zuckte nur mit den Schultern.

Wir wechselten das Thema und die Stimmung hob sich. Irgendjemand holte seine Gitarre hervor und spielte ein paar Lieder. Alle sangen lauthals mit.

Nach und nach verabschiedeten sich die Gäste und gingen nach Hause. Gerda, Johann und meine Mutter gingen als Letzte zu Bett, meine Mutter nicht, ohne mir und Peter noch mal eindringlich zu versichern, wie sehr sie uns und den Rest der Welt liebte. Da es mittlerweile kalt geworden war, setzte ich mich mit Peter an den Grill. Eine Weile saßen wir nur da und beobachteten die Glut. Es war auf eine unerklärliche Art faszinierend, mit anzusehen, wie die Kohlen nach und nach von dem roten, pulsierenden Leuchten aufgefressen wurden. Manchmal knackte es und ein kleiner Schwall Funken stieg zum Nachthimmel empor. Die Glut entwickelte eine durchdringende Hitze, die unsere Gesichter wärmte.

»Alma?«, sagte Peter leise.

Ich drehte mich zu ihm um.

Das Feuer spiegelte sich in seinen dunklen Augen. Seine Wangen waren leicht gerötet und ein Luftzug spielte in seinem Haar. Auf einmal war mir trotz der Hitze des Feuers kalt, nein, mir war heiß und kalt zugleich. Das Herz schlug mir bis zum Hals und ich saß da wie gelähmt. Es war wie der Moment am Weiher, als ich schon abgesprungen, aber noch nicht ins kalte Wasser eingetaucht war. Ich wusste, was als Nächstes passieren würde; es musste passieren, der Moment war zu perfekt, aber es lag nicht in meiner Hand. Ich sah, wie Peter zögerte, wie es in seinem Gehirn arbeitete, wie er versuchte, meine Gedanken zu lesen, und ich sendete mit aller Kraft: *Tu es endlich, du Idiot, tu es einfach.*

Er senkte den Blick.

Der Augenblick war vorüber.

Ich drehte mich zur Glut zurück und versuchte, mir nicht anmerken zu lassen, wie sehr mein Herz klopfte. Plötzlich spürte ich seine Hand auf meiner Hüfte. Er zog mich sanft zu sich heran und dann berührten sich unsere Lippen. Ich hatte vergessen, wie schön es war zu küssen, wie es war, umarmt zu werden, eine Hand an meinem Hals zu spüren, die mich ganz zart streichelte. Es war so schön, dass es fast wehtat. Nach einer kleinen Ewigkeit ließen wir voneinander ab. Peter nahm meine Hand und hielt sie fest. So saßen wir noch eine Weile und beobachteten die Funken, die ab und zu in den Himmel schossen.

Und ich bin froh, dass ich in diesem Moment noch keine Ahnung hatte, welche Angst und welchen Ekel ich nur wenige Stunden später empfinden sollte.

Denn dies war nicht der letzte Kuss in jener Nacht gewesen.

Ich lag unter der Bettdecke und dachte nach. Ich hatte immer noch dieses warme Gefühl im Bauch, von dem ich nicht wusste, ob es von dem Kuss herrührte oder von der Hitze des Feuers.

Der letzte Mann, den ich geküsst hatte, war mein Exfreund Thomas gewesen. Ich hatte ihn auf der Geburtstagsparty von Eva, meiner besten Freundin, kennengelernt; er war der Freund eines Freundes ihres Bruders. Er gefiel mir sofort, was nicht zuletzt daran lag, dass er schon einundzwanzig war und zur Uni ging. Er behandelte mich nicht wie ein siebzehnjähriges Mädchen, im Gegenteil, er sprach mit mir, als seien wir zwei Gleichaltrige, die aus Versehen auf einem Kindergeburtstag gelandet waren. Wir verstanden uns auf Anhieb und er kannte sogar meinen Vater. Seine Mutter hatte eines seiner Bilder gekauft. Die folgenden Wochen waren traumhaft schön: Er führte mich in Klubs aus, ging mit mir in teuren Restaurants essen und nahm mich auf Studentenpartys mit. Er stellte mich seinen Freunden immer als die Tochter von Juan Córdoba vor, was mir sehr schmeichelte. Ich ließ mich in diese Welt hineinziehen und merkte nicht, welche Veränderung mit mir vor sich ging. Klar und deutlich gesagt: Ich verwandelte mich langsam, aber sicher in eine eingebildete Kuh. Ich hatte immer weniger Zeit für Eva und wenn sie mich fragte, ob ich mit ihr ins Kino oder ins Schwimmbad gehen wollte, belächelte ich sie, als hätte sie vorgeschlagen, im Sandkasten zu spielen. Ich merkte, wie Eva von mir wegdriftete, doch es war mir gleichgültig.

Aber ich bezahlte für meine Hochnäsigkeit. Auf der Party seines zweiundzwanzigsten Geburtstags betrog er mich mit Yvonne, einer blonden Kommilitonin, die so attraktiv wie arrogant war. Er hatte nur mit mir gespielt. Ich fühlte damals einen Riss in meinem Herzen, der aufplatzte und meinen Körper mit einer Art Säure füllte, die mir fast physische Schmerzen verursachte. Eva war für mich da. Trotz der schäbigen Art, wie ich sie behandelt hatte, fing sie mich auf. Wir redeten und redeten und ich entschuldigte mich tausendmal für meine Blödheit und Arroganz und Eva winkte immer ab, doch ich sah, wie sehr sie sich freute, mich zurückzuhaben. Wir bestellten uns Pizza, liehen uns Brad-Pitt-Filme aus und verfluchten die Männer dieser Welt (alle außer Brad natürlich). Der Schmerz war nicht weg, aber er war versorgt und ich wusste, ich würde es überleben.

Es dauerte Monate, bis ich Thomas einigermaßen überwunden hatte, und dann kam Robertos Unfall und die Scheidung meiner Eltern und es war, als hätte meine Mutter sich bei mir mit einer Krankheit angesteckt. Nun war sie es, die jeden Morgen verheult am Frühstückstisch saß. Mein Vater hatte sie zwar sehr verletzt, aber sie hatte ihn geliebt und sie sprach immer wieder davon, was vielleicht hätte sein können, wenn Roberto nicht gestorben wäre. Ich dachte wieder an Peter. Es war ganz anders gewesen, ihn zu küssen. Ich hatte gespürt, wie sehr er sich überwinden musste, um den Mut dazu aufzubringen. Und auch, als er mich in den Arm genommen hatte, hatte ich gefühlt, dass dieser Moment für ihn etwas Besonderes war. Er hatte etwas riskiert, etwas aufs Spiel gesetzt; Thomas hatte das nicht getan. Für ihn war ich ein Zeitvertreib gewesen. Ich spürte, dass Peter mich wirklich gernhatte.

Ich drehte mich auf die andere Seite und machte die Augen zu, doch der Schlaf kam nicht. Meine Füße fühlten sich unangenehm warm an. Ich stand auf und ging zum Fenster. Der

Mond hing am wolkenlosen Himmel und tauchte die Weide hinter dem Bauernhaus in ein fahles blaues Licht. Ich kramte das Fernglas hervor und ließ meinen Blick über die nächtliche Szene schweifen. Die Bierbänke standen noch da und die Kohlen im Grill waren zu einem Haufen grauer Asche verbrannt, in dem kleine rote Punkte aus Glut – wie Ameisen auf einem Hügel – aufglommen. Ich richtete das Fernglas auf den Waldrand und versuchte, ein paar Glühwürmchen zu entdecken. Doch stattdessen sah ich etwas, das mich vor Schreck zusammenzucken ließ. Eine schwarze Masse schälte sich aus der Dunkelheit, ein Schatten mit zwei Beinen, der nun ins helle Mondlicht trat. Ich erschrak erneut, als ich erkannte, um wen es sich handelte.

Es war ein kleiner Junge, der einen Fußball in der Hand trug.

Es war Roberto.

Gebannt beobachtete ich, wie mein toter Bruder in die Mitte der Wiese lief und … *zu mir hinaufsah.*

Ich stand wie angewurzelt am Fenster. Roberto sah mich an, ich spürte es. Ich überlegte, was ich tun sollte. Mein erster Impuls war, mich einfach wieder ins Bett zu legen, denn offensichtlich halluzinierte ich. Aber dann beschloss ich, dass ich wenigstens nachsehen musste, ob dort draußen wirklich mein Bruder stand oder ob ich es mir nur einbildete, wie ich mir den Schwarm Glühwürmchen eingebildet hatte, der so erstaunliche literarische Fähigkeiten besessen hatte. Ich zog meine Hose an, streifte mir einen Pullover über, nahm meine Taschenlampe vom Nachttisch und lief die Treppe hinunter.

Es war erstaunlich kalt geworden. Trotz des warmen Wollpullovers fröstelte ich, als ich aus dem Bauernhaus ins Freie trat. Ich schaltete die Taschenlampe ein und richtete den Strahl auf die Weide, in der Erwartung, dort nichts außer einem Bett aus Gras zu entdecken. Doch ich irrte mich. Roberto stand wirklich da, neben den Bierbänken, und sah mich an. Für einen Augenblick starrten wir uns gegenseitig in die Augen, dann überwand ich mich und ging auf ihn zu. Als ich bis auf wenige Meter an ihn herangetreten war, machte er kehrt und lief zum Waldrand. Kurz bevor er im Schatten der Bäume verschwand, drehte er sich wieder zu mir um. Offensichtlich wollte er, dass ich ihm folgte.

»Roberto?«, flüsterte ich. Er antwortete nicht. Ich ging hinterher und er lief wieder los, den Weg entlang, den ich so oft mit Peter gegangen war. So wanderten wir durch die Nacht. Roberto lief immer ein Stück voraus, blieb stehen und warf einen Blick zurück, als wolle er sicherstellen, dass ich ihm auch wirklich folgte. Ich kannte das Ziel. Je länger wir durch die Dunkelheit wanderten, desto eindeutiger wurde, dass wir uns direkt auf den Weiher zubewegten.

Einige Male raschelte es im Unterholz, als irgendein nachtaktives Tier vorbeilief, und ab und zu hörte ich den Ruf eines Uhus, dessen *Huhuu* ein wenig unheimlich klang, doch ich erreichte den Weiher unversehrt.

Es war ein erhabener Anblick. Nicht der geringste Lufthauch regte sich und auf der spiegelglatten Wasseroberfläche lagen, magisch glitzernd, die Sterne. An diesem Ort leuchtete der Sternenhimmel viel eindrucksvoller, als ich es jemals zuvor irgendwo erlebt hatte. Mir stockte der Atem. Ich hatte noch nie etwas so Schönes gesehen. Ich merkte mir, dass ich einmal nachts mit Peter hierherkommen musste.

Roberto war schon losgelaufen, nach rechts, auf den Weg zu, der am östlichen Ufer entlanglief und nach Norden führte. Ich riss mich von der Schönheit der nächtlichen Landschaft los und folgte ihm. Roberto lief nun merklich schneller, ganz so, als wäre es nicht mehr weit bis zum Ziel. Ich musste mich beeilen, um mit ihm Schritt zu halten. Zu meiner Rechten erstreckte sich der Wald, der den Weiher ringsherum umgab; zu meiner Linken lag das Ufer, an dem nun, erst in vereinzelten Büschen und dann in einer immer größer werdenden Mauer, das Schilf emporwuchs. Wir mussten uns schon sehr dicht am nördlichen Ende des Sees befinden. Ich blieb stehen. Einige Meter vor mir war auch Roberto stehen geblieben. Er sah mich an, dann verschwand er in einer Lücke im Schilf.

»Roberto?«

Ich ging zu der Stelle, an der er verschwunden war, und ließ den Strahl meiner Taschenlampe auf den Weg fallen, der sich links von mir erstreckte. Es war nicht mehr als ein schmaler Trampelpfad durch das Schilf, der an mehreren Stellen von Brennnesseln und Brombeersträuchern überwuchert war. Der Boden war matschig und hier und da hatten sich Pfützen gebildet. Der Weg sah alles andere als einladend aus, doch ich fasste mir ein Herz und machte einige vorsichtige Schritte auf dem feuchten Boden. Ich konnte Roberto nicht mehr sehen und irgendwie fühlte ich, dass mich die Erscheinung, was immer sie auch gewesen sein mochte, alleine gelassen hatte. Der Gedanke gefiel mir überhaupt nicht, so ganz ohne Begleitung den letzten Teil meiner unheimlichen Wanderung zurückzulegen. Ich machte einige zaghafte Schritte vorwärts. Die Hand, in der ich die Taschenlampe hielt, streifte im Vorbeigehen das Blatt einer Brennnessel und fing scheußlich an zu jucken. Ich rieb Spucke auf die roten Quaddeln, die sich auf meinem Handrücken bildeten, doch es half nicht besonders.

»So ein Mist!«, stieß ich hervor.

Kalte Angst stieg in mir hoch. Auf einmal wurde mir bewusst, dass ich mutterseelenallein mitten im Nirgendwo stand, hergeführt von meinem toten kleinen Bruder. Natürlich hatte ich mir das Ganze bloß eingebildet. Meine Fantasie war mal wieder mit mir durchgegangen. Mir wurde plötzlich kalt und ich merkte, dass ich mit dem linken Fuß bis zum Knöchel in einer Pfütze stand. Das Wasser war mir in den Schuh geschwappt und kroch langsam an meiner Socke herauf. Wahrscheinlich hole ich mir hier draußen den Tod, dachte ich und wollte gerade kehrtmachen, als ich bemerkte, dass ich schon fast am Ende des Wegs angekommen war. Ich lenkte den Strahl meiner Taschenlampe in die Dunkelheit.

Das Bootshaus lag vor mir.

Ich zögerte. Wenn ich mir die Sache mit Roberto nun doch nicht eingebildet hatte? Es würde auf jeden Fall nichts kosten, mir das Haus kurz aus der Nähe anzusehen. Meine Schuhe waren ja sowieso schon ruiniert.

Ich ging den Weg die letzten paar Schritte entlang, wobei das Wasser im Fußbett meines Schuhs unangenehm hin und her schwappte. Die große Holztür, durch die man von der Landseite aus ins Innere gelangte, war nicht verschlossen. Merkwürdig, dachte ich, hatte Gerda nicht erzählt, dass sie nach dem Unfall des Mädchens verriegelt worden war? In diesem Moment stieß mein Fuß gegen einen schweren Gegenstand, der im nassen Gras lag. Ich bückte mich und hob ihn auf. Es war ein großes verrostetes Vorhängeschloss. Hatte es jemand aufgebrochen? Es waren keine Spuren von Gewalteinwirkung zu erkennen. Dann musste es wohl jemand aufgeschlossen haben. Ich ließ es wieder fallen und drückte die von Rost zerfressene Türklinke herunter. Die Holztür öffnete sich mit einem lauten Quietschen. Ich schlüpfte hinein.

Das Innere des Bootshauses sah geräumiger aus, als es von außen den Anschein gehabt hatte. Das undichte Dach ruhte auf einem Skelett aus knorrigen Balken, in denen über die Jahre eine ganze Schar von Wasservögeln genistet hatte, wovon die vielen verlassenen Nester in jedem Winkel des Gebälks zeugten.

An der Wand standen Regale, auf denen eine Ansammlung von altem Krimskrams die letzte Ruhestätte gefunden hatte. Über die Taue, Haken und Behälter, die sich darin stapelten, spannten sich, wie kleine Zirkuszelte, Schleier aus Spinnweben. Diese waren von einer Schicht Staub bedeckt, die unberührt war wie neu gefallener Schnee. Eine alte Sturmlaterne hing an einem Nagel. Ihr trübes Glas hatte schon seit Ewigkeiten keine Flamme mehr beherbergt und ihre hellblaue Farbe war von Rostflecken gespickt. Aus dem Inneren des Gebäudes führte ein Steg von etwa einem Meter Breite ein Stück auf den See hinaus. Er bot im Ganzen Platz für vielleicht drei oder vier Ruderboote, doch im Moment waren dort nur zwei vertäut. Eines hatte ein faustgroßes Loch im Boden und war zur Hälfte im Wasser versunken. Es war nahe der Landseite des Gebäudes auf Grund gelaufen. Das andere machte einen durchaus seetüchtigen Eindruck.

Ich beschloss, es mir näher anzusehen. Ich lief über die morschen Planken des Stegs und beugte mich über das Ruderboot. Am Boden hatte sich eine kleine Pfütze aus Moorwasser gebildet, in der die Ruder lagen, die jemand unter die mittlere Bank geschoben hatte. Am Bug stand ein leerer Plastikeimer, wahrscheinlich zum Angeln, und nahe dem Heck lag eine zusammengeknüllte Plane. Als ich mich gerade wieder aufrichten wollte, bemerkte ich, wie sich unter der Plane etwas regte. Instinktiv trat ich einen Schritt zurück. War es nur ein Windhauch gewesen, der den Stoff erfasst hatte? Nein, er bewegte sich erneut. Etwas kam blitzschnell unter der Plane hervorgekrochen und sprang auf mich zu. Ich machte einen hastigen Schritt zurück und wäre fast ins Wasser gefallen. Das Ding landete vor mir auf dem Steg. Es war ein Frosch. Ich atmete erleichtert aus. Der grüne Kerl quakte zweimal und war dann mit einem Satz im Wasser verschwunden.

Mich überkam ein unbehagliches Gefühl. Irgendwie war mir

dieser Ort unheimlich. Das Geräusch des trüben Wassers, das gegen die Holzpfähle klatschte, klang wie das Schmatzen eines Drachens, der in seiner Höhle schlief. Die Bretter knarrten von Zeit zu Zeit und ich fuhr jedes Mal zusammen.

Warum war ich hier? Die Idee, dass Roberto mich gerufen und hergeführt hatte, erschien mir nun als das, was sie war: reine Einbildung. Vielleicht war es das Buch, das ich gerade las, vielleicht war es das, was zwischen Peter und mir passiert war, irgendetwas hatte mich so sehr aufgewühlt, dass ich wirklich geglaubt hatte, Dinge zu sehen und zu hören, die gar nicht existierten.

Das dachte ich jedenfalls bis zu dem Moment, als die Hand aus dem Wasser schoss und sich am Ende des Stegs festkrallte.

Zuerst hörte ich nur ein Geräusch, ein lautes Platschen. Ich fuhr herum. Der Lichtkreis meiner Taschenlampe glitt zögernd den Bootssteg entlang. Ein unkontrollierbares Wimmern entkam meinen Lippen, als die dünnen Finger im Lichtkegel sichtbar wurden, die sich in den Zwischenraum der letzten beiden Planken gegraben hatten. Ich versuchte, mich zu bewegen, umzudrehen und wegzulaufen, doch mein Körper war nicht dazu in der Lage, die Angst hatte ihn auf die Grundfunktionen reduziert: das Atmen und das Schlagen des Herzens. Ich spürte meinen Puls in der Brust hämmern, wie die ersten Erschütterungen eines Erdbebens – die Vorboten von Tod und Zerstörung.

Mit einem Geräusch wie von einem großen Fisch, der aus dem Wasser springt, schoss eine zweite Hand aus dem See und landete neben der ersten. Ich zuckte zusammen. Der Schreck wirkte wie eine Adrenalinspritze. Ich erwachte aus meiner Totenstarre und rannte zurück zur Tür. Panisch drückte ich die Türklinke herunter, doch im selben Augenblick wusste ich, dass die Tür sich nicht öffnen lassen würde. Wie besessen rüttelte ich an der Klinke, doch die Tür gab keinen Millimeter nach. Ich habe das Schloss doch fallen lassen, *ich habe es fallen lassen!*, schrie es in meinem Kopf und dann hörte ich ein glitschiges Schleifen, ein Tropfen, ein Knarren und dann nichts mehr.

Dieses Hörspiel setzte sich in meinem Kopf zu einem Bild zusammen: Der Besitzer der Hände hatte sich aus dem Wasser auf den Steg gezogen. Ich ließ die Klinke los. Ein kaltes Zittern ergoss sich über meine Haut, mein Atem ging flach. Langsam drehte ich mich um. Dort, wo sich eben die Hände festgeklammert hatten, standen jetzt Füße. Sie waren dünn, fast kindlich, und die Fußspitzen deuteten zueinander. Die Haut schimmerte grünlich und war aufgequollen. Die Füße gehörten zu dem schlanken Körper eines Mädchens, das, nur mit seiner Unterwäsche bekleidet, vor mir stand. Die Arme des Mädchens waren am Ellbogen leicht gebeugt und die Handflächen zeigten nach außen. Ihre Finger zuckten verkrampft. Etwas an ihrer Körperhaltung drückte völlige Hilflosigkeit aus. Ihre Lippen waren von einem Dunkelrot, das fast ein Schwarz war, und ihr Mund war zu einer Grimasse verzogen, die entweder ein hysterisches Lachen oder einen Schrei der Verzweiflung darstellte. Tiefblaue Ringe lagen unter ihren leeren Augenhöhlen. Ihr schwarzes Haar war zerzaust und hing ihr in verfilzten Strähnen auf die Schultern herab. Einige Stellen ihres Kopfes waren kahl, als hätte ihr jemand große Büschel ihrer schwarzen Mähne ausgerissen.

Ich konnte keinen Gedanken mehr fassen, nur noch passiv durch meine Augen beobachten, wie diese Gestalt langsam auf mich zukam, mit grässlich zuckenden Bewegungen, ungelenk, als hätte sie das Gehen verlernt und müsste es mit jedem Schritt neu erlernen. Sie sog Luft durch die Nase ein. Ihr schauerliches Grinsen wurde noch breiter.

Und dann sah ich zum ersten Mal das grüne Schimmern in ihren Augenhöhlen. Es war so schwach wie ein Feuerschein in weiter Ferne und es pulsierte leicht. Etwas Hypnotisches lag darin. Jetzt schwang das Mädchen die Arme nach vorn und stakste weiter auf mich zu. Und ich höre jetzt noch meinen eigenen gellenden Schrei, den ich ausstieß, als ich sah, was *aus ihr herauskroch.*

Ihr linkes Nasenloch weitete sich und kleine Fühler zappelten hervor, dann Beinchen, die einen braunen Panzer hinter sich herzogen. Es war ein Käfer. Er krümmte sich und krabbelte auf ihre Nasenspitze, wo er sich aufrichtete und seinen Unterleib in die Luft reckte, der nun, wie ein grotesker Leuchtturm, ein grünes Licht aussendete. Ein Glühwürmchen. Als hätten sie nur auf sein Kommando gewartet, krabbelten jetzt Hunderte seiner Artgenossen aus Nase und Mund des Mädchens, über die Lippen und schwangen sich in die Luft.

Der Ekel und das Grausen, das mich erfasste, waren zu groß und ich fand endlich die Kontrolle über meinen Körper zurück. Ich hob die Arme und versuchte, das Mädchen abzuwehren, das jetzt mit einem Satz auf mich zustürzte. Ich hatte keine Chance. Sie packte mich mit ihren kalten, toten Händen an der Schulter, ihr Gesicht war jetzt dem meinen ganz nah und der Schwarm der Leuchtkäfer flog um unsere Köpfe. Die Luft war von einem wispernden Sirren erfüllt. Ich versuchte wieder und wieder zu schreien, doch ich brachte keinen Ton hervor. Ihr Mund kam immer näher; erst dachte ich, sie wolle mich beißen, doch als ich begriff, was sie wirklich vorhatte, geriet ich in blinde Panik. Ich zappelte und versuchte zu fliehen, doch ihr stählerner Griff ließ nicht locker. Ich roch ihren Atem, der genauso stank wie die faulige Luft über den Wasserlinsen. Ich sah in ihre toten Augen, sah, wie das grüne Leuchten vor Erregung aufflackerte, als sie ihre kalten Lippen auf meine presste.

Und dann spürte ich sie.

Tausende Beinchen, Fühler, Flügel – die Leuchtkäfer kamen

aus ihrem Mund und ergossen sich in meinen Rachen. Tränen schossen mir in die Augen, ich musste würgen, ich zitterte am ganzen Körper. Das Mädchen hielt meinen Kopf wie in einem Schraubstock. Ich spürte, wie die leuchtende Brut in meinem Inneren schwärmte, spürte ihre widerliche Wärme in mir, und dann spürte ich nichts mehr. Ich sackte zusammen, wie eine Marionette, der man die Schnüre durchgeschnitten hatte. Mein Geist hatte Erbarmen und entsandte mich in die tiefe, bodenlose Schwärze der Bewusstlosigkeit.

Teil 2

Der Jahrmarkt

4

Wenn ich an die Ereignisse dieses Sommers zurückdenke und mich frage, wieso das alles ausgerechnet mir passiert ist, dann erinnere ich mich an etwas, was ich längst verdrängt hatte, wahrscheinlich, weil es von dem überschattet wurde, was ich nur wenige Stunden später erfahren sollte.

Es war ein bewölkter Tag und vereinzelte Regentropfen schlugen gegen die großen Fensterscheiben, in deren Mitte die Umrisse von schwarzen Raubvögeln klebten, die verhindern sollten, dass kleinere Vögel sich an den unsichtbaren Barrieren die Köpfe einschlugen.

Bis auf mich, Kerstin Graf und den Wettkampfrichter des Schwimmverbands war das Hallenbad leer. Es ging um den letzten freien Platz bei den Bezirksmeisterschaften im Turmspringen, die nächste Station auf dem Weg zur deutschen Meisterschaft. Wir hatten unsere ersten zwei Sprünge absolviert und ich wusste eins mit Sicherheit: Ich war besser als Kerstin Graf. Um Klassen besser. Ich hatte es gefühlt: Meine Haltung war perfekt, der Körper gestreckt und bis ins kleinste Gelenk unter Spannung, meine Bewegungen waren geschmeidig, mein Timing fehlerfrei. Und der Schwierigkeitsgrad meiner Sprünge, Rückwärtssalto mit anschließender Schraube, war um einiges höher gewesen als Kerstins gehechteter Vorwärtssalto.

Ich stand auf dem Zehn-Meter-Brett und war mir bewusst, dass ich nur irgendwie runterzukommen brauchte, um in die Bezirksklasse aufzusteigen. Selbst eine Arschbombe hätte gereicht. Ich blickte über das Geländer an der Seite hinunter. Ich sah Kerstin, die, in ein Handtuch gewickelt, auf einer Bank saß und mit hasserfüllten Augen zu mir heraufblickte. Sie hatte verloren und das wusste sie. Ich schloss die Augen und ging den Sprung noch einmal in Gedanken durch. Ich prägte mir jede Bewegung ein. Dann holte ich tief Luft und machte einen Schritt nach vorn. Ich sah meinen Füßen dabei zu, wie sie auf der rauen Oberfläche nacheinander aufsetzten.

Und plötzlich war da dieser Ball.

Ein Fußball, von Grasflecken grün gefärbt, das schwarze Muster fast verblichen. Er rollte heran und kam bei meinen Füßen zum Stehen.

Ich blickte auf und erschrak. Am Ende des Sprungbretts stand mein Bruder Roberto. Er sah mich traurig an. Dann hob er den Arm und winkte mir zu. Er wirkte wie ein Kind, das zum ersten Mal allein verreist und versucht, sich die Abschiedstränen zu verkneifen. Er drehte den Kopf. Blut rann aus einer tiefen Wunde an seiner Schläfe. Meine Kehle schnürte sich zu, als ich tatenlos zusehen musste, wie Roberto sich umdrehte und über eine unsichtbare Brücke ins Leere ging. Mit jedem Schritt, den er tat, verblasste seine Gestalt mehr, bis er sich ganz in Luft aufgelöst hatte.

Ich konnte nicht wissen, dass mein Bruder in diesem Moment, einige Kilometer von der Schwimmhalle entfernt, auf dem harten Asphalt einer zweispurigen Straße verblutete, aber irgendwo in mir spürte ich es dennoch. Ich begann, hemmungslos zu weinen. Der Kampfrichter kam die Leiter hochgeklettert und fand mich völlig aufgelöst auf dem Sprungbrett sitzend. Er eskortierte mich nach unten und selbst Kerstin kam auf mich zugerannt und legte mir besorgt einen Arm um die Schultern, so als spürte sie genau, dass nicht die Nervenbelastung mich zum Weinen gebracht hatte, sondern etwas anderes, etwas viel, viel Schlimmeres.

Drei Stunden später saß ich neben meinen Eltern auf einem harten Stuhl in einer Amtsstube und sah zu, wie sie das Papier unterschrieben, auf dem sie bestätigten, dass es sich bei dem zehnjährigen Toten, der in einer der Kühlkammern im Keller lag, um ihren Sohn Roberto Córdoba-Kirschstein handelte.

Ich schlug die Augen auf. Die ersten Strahlen der aufgehenden Sonne begannen, die Schwärze der Nacht vom Himmel zu schmelzen. Mir taten die Glieder weh. Der Boden unter mir schaukelte merkwürdig. Ich setzte mich auf. Um mich herum war das Wasser des Weihers. Ich saß in einem der Ruderboote, das am Steg des Bootshauses vertäut gewesen war. Wie war ich hierhergekommen? Dann erinnerte ich mich wieder an letzte Nacht. Diesmal dauerte es etwas, bis ich mich davon überzeugt hatte, dass es nur ein böser Traum gewesen war. Ich konnte mich an jedes Detail erinnern, die Nachtwanderung, das Innere des Bootshauses, das ... das *Ding*, das aus dem Wasser gestiegen war, den widerlichen Kuss ... Ich beschloss, dass es nicht wahr sein konnte, nicht wahr sein *durfte.* Und dennoch erfasste mich ein Gefühl der Übelkeit, als ich daran dachte, was passiert war, bevor ich das Bewusstsein verloren hatte. Ich tat mein Bestes, die Erinnerung an diese Nacht zu verdrängen.

Die Ruder waren verschwunden. Es blieb mir also nichts anderes übrig, als meine Hände in das eisige Wasser zu tauchen und mit meinen Armen zu rudern. Das hatte den nützlichen Nebeneffekt, dass ich auch den letzten Rest Müdigkeit abschüttelte und eine halbe Stunde später vollkommen wach an der Liegewiese ankam. Ich sprang über die Seitenwand an Land und zog das Boot aus dem Wasser. Dann lief ich den Kiesweg entlang zum Hof zurück.

Je weiter ich mich von dem Weiher und damit auch vom Bootshaus entfernte, desto unwirklicher kam mir die nächtliche Begegnung vor. Als ich aus dem Wald hinaustrat und an den Bierbänken vorbei auf die Hintertür des Bauernhauses zulief, hatte ich den Albtraum vollkommen ins Reich der Fantasie verbannt. Ich schlich die hölzerne Treppe hinauf, darauf achtend, die zweite Stufe, die immer knarrte, auszulassen, und betrat leise mein Zimmer. Die Uhr auf dem Nachttisch zeigte 6:00, als ich mich unter die Decke kuschelte. Keine fünf Minuten später war ich eingeschlafen.

Als ich aufwachte, war es schon halb eins. Ich rieb mir den Schlaf aus den Augen, gähnte und machte mich auf den Weg ins Bad.

Eine halbe Stunde später betrat ich, frisch geduscht, die Küche. Auf dem Herd stand eine Metallkanne mit Kaffee und auf einem Teller lagen zwei Brote, daneben ein Zettel, auf dem »Für meine Schlafmütze! Mama« stand. Ohne mich hinzusetzen, nahm ich eins der Brote und biss gierig hinein.

»Da bist du ja!«

Ich verschluckte mich vor Schreck und hustete. Peter klopfte mir auf den Rücken.

»Wo hast du denn gesteckt?«

»Ich habe lange geschlafen«, antwortete ich, als ich wieder Luft holen konnte. Ich sah ihn an. Er lächelte. Ich lächelte zurück. Einen Moment lang wusste keiner von uns, was er sagen sollte.

»Hallo«, fing Peter schließlich wieder an.

»Hallo«, sagte ich.

Eine weitere Pause entstand, es war jedoch nicht unangenehm, im Gegenteil.

»Der Jahrmarkt wird heute eröffnet. Ich hab gedacht, wir könnten zusammen hingehen – wenn du nicht schon was vorhast«, ergänzte er hastig.

»Gerne«, sagte ich.

»Gut.«

»Gut.«

Wir lächelten beide etwas unsicher.

Peter musste seinem Vater den ganzen Tag zur Hand gehen – die Reifen des Traktors mussten gewechselt werden, was angesichts der Größe des Fahrzeugs nicht so einfach mit Wagenheber und Ersatzreifen zu bewerkstelligen war – und so nutzte ich den Tag, indem ich mich vor das Haus in die Sonne setzte und las.

Später beschloss ich, mir die Beine ein wenig zu vertreten, und lief zum Waldrand. Diesmal schlug ich nicht den Weg zum Weiher ein, sondern ging an den Bäumen entlang nach Westen. Nach einer Weile kam ich an einen Pfad, der nicht mehr war als ein schmaler Streifen Moos. Er führte in den Wald hinein. Ich beschloss, ihm zu folgen. Nach einigen Metern wurde das Moos weniger und der Pfad verlor sich im Waldboden.

Gerade als ich umkehren wollte, versank mein rechter Fuß plötzlich in einer Vertiefung. Ich verlor das Gleichgewicht und fiel auf die Knie. Ich drehte mich um und entdeckte, dass ich in ein kürzlich gegrabenes Loch getreten war, das jemand mit Zweigen und Blättern getarnt hatte. Ich zog meinen Fuß heraus und wollte gerade wieder auf den Pfad zurückkehren, als mein Blick auf eine weitere Stelle fiel, wo der Boden umgegraben war. Und jetzt erkannte ich, dass der ganze umliegende Waldboden mit solchen getarnten Löchern übersät war. Hatte hier jemand etwas vergraben? Ich suchte mir einen dicken Ast und schob damit die frische umgegrabene Erde an einer Stelle zur Seite. Bald kam etwas zum Vorschein. Etwas Weißes, Pelziges. Ich schreckte zurück. Ich hatte eine Augenhöhle freigelegt. Doch anstatt eines Augapfels beherbergte sie blassgelbe Maden und dicke schwarze Käfer. Weißer Knochen war darunter sichtbar, der sich nach vorn hin verjüngte und in zwei langen Schneidezähnen endete. Es war der Kadaver eines Kaninchens, der dort unten im Erdloch lag.

Hastig schüttete ich es wieder zu. Waren in all diesen Löchern Kaninchen begraben? Plötzlich hatte ich das Gefühl, aus dem Boden heraus von tausend Augen beobachtet zu werden. Ich hastete los, doch in meiner Panik schlug ich die falsche Richtung ein und lief noch tiefer in den Wald. Ich musste umkehren und wieder an dem Kaninchenfriedhof vorbei, bevor ich den moosbewachsenen Rückweg fand. Ich lief zurück zum Geißberger Hof.

Als ich dort ankam, hatte die Hitze nachgelassen und die Schatten der Apfelbäume in der Einfahrt reichten bis zum Bauernhaus. Peter kam, mit ölverschmierten Händen und einigen schwarzen Flecken im Gesicht, aus der Scheune.

»Ich muss mich nur noch waschen, dann können wir los«, sagte er mit einem breiten Grinsen. Seine Zähne leuchteten in seinem dreckigen Gesicht besonders hell.

Meine Aufregung über den Fund im Wald verflog. Gemeinsam gingen wir ins Haus. Er verschwand im Bad und ich ging auf mein Zimmer, um mich umzuziehen. Jetzt ärgerte ich mich doch, dass ich nicht sorgfältiger gepackt hatte. Ich hatte die taillierte rote Bluse vergessen, die mir so gut stand. Ich legte noch etwas Make-up auf und ging nach unten.

Peter wartete vor dem Haus und als er sich zu mir umdrehte, bemerkte ich, wie sich seine Augen für einen Moment weiteten.

Wir unterhielten uns ausgelassen, als wir die Einfahrt hinunter und durch das Dorf schlenderten, in Richtung Wiese, auf der die Zelte und Buden standen. Je näher wir dem Jahrmarkt kamen, desto größer wurde die Zahl der Dorfbewohner, die, überwiegend in Dirndl und Lederhosen, in die gleiche Richtung strömten. Schon von Weitem hallten die Musik und der vielstimmige Chor der Schausteller durch die Straßen, die versuchten, die Besucher mit ihrem »Hereinspaziert, hereinspaziert, gleich geht's los!« anzulocken. Dann bogen wir um die Ecke eines Hauses – und die Neonlichter und die Symphonie der Geräusche schwappten über uns herein. Peter nahm meine Hand und wir ließen uns von der Menge mitreißen, vorbei an den Zelten und Verkaufsständen am Eingang. Für einen Moment war ich vollkommen glücklich. Die Ausgelassenheit der Menschen um uns herum spiegelte meine eigene Stimmung und mit Peter hier zu sein, an den ich gerade mein Herz verlor, intensivierte dieses Gefühl noch. Doch einen Augenblick später tauchte eine Erinnerung wie eine ölige Luftblase aus den Tiefen meines Bewusstseins auf, die meine Stimmung etwas trübte – ausgelöst durch die besondere Magie der Gerüche. Es war dieser Duft von Zuckerwatte und Bratwürsten, von gebrannten Mandeln und Lebkuchenherzen, der mich, von einem Moment auf den nächsten, vier Jahre in der Zeit zurückreisen ließ. Ich war wieder vierzehn und hielt die Hand meines Vaters. Roberto hielt seine andere Hand und Papa steuerte uns zwischen den gleichen leuchtenden Buden hindurch, die Luft war von den gleichen Stimmen und Aromen erfüllt, nur dass wir uns in Spanien befanden, in dem Dorf, in dem mein Vater aufgewachsen war. Ich blieb einen Moment stehen und dachte an diesen Augenblick, in dem ich genauso glücklich gewesen war, in dem ich noch nicht ahnte, dass ich die beiden Menschen, mit denen ich gerade eine Kette bildete, verlieren würde.

Peter holte mich aus meinen Gedanken zurück.

»Hast du Lust?«

Wir standen vor dem Autoskooter. Über der Fahrbahn hing ein Discolicht, das sich im Takt der gruseligen deutschen Schlager, die laut aus den Boxen dröhnten, wild um die eigene Achse drehte. Ich nickte und Peter kaufte uns eine Handvoll Chips. Wir mussten einige Runden warten, bis einer der Wagen frei wurde. Zuerst fuhren wir zusammen, doch nach der ersten

Runde stieg ich aus – es war einfach lustiger, mit Karacho auf Peter zuzusteuern und dann mit voller Wucht mit ihm zusammenzustoßen. Ich ertappte mich dabei, wie ich lauthals die dämlichen Lieder mitsang, deren Refrains ich, zu meiner Schande, zum größten Teil auswendig kannte:

»Deine Liebe brennt wie Feuer,
Doch dein Herz ist kalt wie Schnee.
Warum willst du mir nicht glauben,
Dass ich für dich durch die Hölle geh?
Durch die Hölle geh?«

BUMM!

Ich konnte mich nicht daran erinnern, wann ich das letzte Mal so viel Spaß gehabt hatte.

Wie betrunken torkelte ich eine halbe Stunde später aus meinem Wagen, fiel in Peters Arme und wir küssten uns zum zweiten Mal. Dieses Mal kostete es keine Überwindung, dieses Mal fühlte es sich natürlich an, seine Lippen zu spüren, ihn zu schmecken.

Wenn es in diesem Sommer einen Moment gab, den ich gerne eingefroren hätte, den ich festgehalten hätte wie einen Rettungsring, dann war es dieser Augenblick, diese Minute neben dem Autoskooter, in der ich Peters Körper an meinem spürte und die Musik in unseren Ohren hämmerte. Es war der letzte unbeschwerte Moment vor meiner Abreise, denn nur Sekunden später sollte mich Georg anrempeln.

»Versprich mir eins«, rief ich, als wir uns voneinander lösten.

»Alles, was du willst«, antwortete Peter.

»Versprich mir, dass *Durch die Hölle* nicht unser Lied wird!«

Peter lachte laut los. Ich lachte mit.

Ein Rempler von hinten.

Ich drehte mich um.

»Oh, Entschuldigung.«

Es war Georg. Ich hatte ihn einmal zuvor gesehen, am Weiher, als er Peter zugenickt hatte. Doch woher wusste ich plötzlich seinen Namen? Aber in diesem Moment durchzuckte mich die Erkenntnis wie ein Blitz. Das ist Georg. Und wir kennen uns. Er sah mich mit einem schuldbewussten Blick an, dann drehte er sich zu seinen Freunden um. Zwei von ihnen erkannte ich. Es waren Lukas und Oliver, die mich beim Grillfest angesprochen hatten. Georg war etwas älter als ich. Er war groß, hatte dunkles Haar, trug eine Lederhose und steuerte nun mit seinen Freunden auf das Bierzelt zu.

»Alma?«

Peter sah mich mit besorgtem Blick an.

»Alles okay?«

»Ja, ja. Ich habe nur gedacht, ich hätte einen Bekannten gesehen. Aber das kann ja nicht sein.«

Ich legte meinen Arm um Peters Hüfte und zusammen schlenderten wir über den Jahrmarkt. Wir kauften uns eine Bratwurst und Peter schenkte mir ein Lebkuchenherz mit der Aufschrift: I mog di.

»I mog di aaah«, sagte ich in bemitleidenswertem Bayerisch und wir lachten los, aber ich war trotzdem ein bisschen gerührt.

Dann fanden wir uns vor einer Geisterbahn wieder, über deren Eingang ein Drachenkopf an einem langen schuppigen Hals auf- und abwippte und dabei auf einer Prinzessin herumkaute, deren Beine langsam strampelten. Wir bezahlten und setzten uns in einen der Wagen. Die Eingangstür, auf deren Flügel ein riesiges Maul voller spitzer Zähne gemalt war, flog mit manischem Gelächter auf und wir glitten in den Trockeneisnebel hinein, der, von rot flackernden Lichtern beleuchtet, aus dem Höllenschlund quoll. Ein klappriger Frankenstein wartete hinter dem Eingang, doch kurz bevor er mit seinen langen Armen zupacken konnte, bog der Wagen nach rechts ab und fuhr bergauf, an einer Reihe beleuchteter Totenköpfe vorbei. Ein Schwarm Fledermäuse flog dicht über uns hinweg, dann schwebten wir plötzlich im Freien, die Lichter des Marktplatzes unter uns. Ich zog Peter an mich und küsste ihn. Meine Hände vergruben sich in seinem Haar und ich weiß nicht, ob es die Schwerkraft war, die für einen Moment aussetzte, als der Wagen wieder abwärts schoss, oder ob das Gefühl in meiner Magengrube durch Peters Nähe ausgelöst wurde.

Plötzlich wurde mir schrecklich schwindelig, die bedrohliche Orgelmusik und das Geschrei und Gestöhne der Geister gellten in meinen Ohren. Ich öffnete die Augen und nun war ich es, die laut schrie.

Vor mir stand *sie*. Das Mädchen aus dem Bootshaus. Sie kam mit denselben staksigen Bewegungen auf mich zu – doch dann erkannte ich, dass es nur eine mechanische Geisterpuppe war, in deren Augenhöhlen kleine grüne Glühbirnen aufblinkten. Einen Moment später öffnete sich eine weitere Tür und unser Wagen fuhr in die Nachtluft hinaus.

Bevor wir den Heimweg antraten, wollte Peter noch etwas an der Schießbude für mich gewinnen.

»Ohne Schießbudenpreis ist kein Jahrmarktsbesuch komplett«, sagte er und ich stimmte ihm voll und ganz zu. Ein mürrisch dreinblickender Mann mit grauen Haaren und einer kahlen Stelle auf dem Kopf lud eines der Luftgewehre und Peter zielte auf die Blechenten, die in Reih und Glied über den gemalten Horizont eines Sees glitten. Er drückte fünfmal ab und zwei Enten hauchten ihr Leben aus.

»Für den da reicht's wohl nicht.«

Er deutete auf einen riesenhaften, hässlichen neonpinken Plüschhund, der an einer Kordel von der Decke hing und aussah, als hätte er sich erhängt.

»Können Sie sich aussuchen irgendeine Trostpreis«, sagte der Besitzer und deutete auf eine Auslage mit billigem Plastikspielzeug.

Und dort sah ich sie.

Zwischen zwei Gummitieren, einer Raupe und einer Kakerlake lag dort eine Haarspange. Eine Plastiklibelle, in deren Kopf Strasssteinchen als Augen eingelassen waren. Sie war identisch mit der, die ich aus dem Weiher gefischt hatte. Ohne zu zögern, deutete ich darauf.

»Die hätte ich gerne.«

Der Standbesitzer hob sie auf und legte sie in meine Hand. Ich spürte seine Fingerspitzen auf meiner Handfläche. Plötzlich durchzuckte mich ein Schlag und jemand stellte den Fernseher in meinem Kopf auf einen anderen Kanal.

Ich finde mich in einem Wohnwagen wieder. Der Schießbudenbesitzer schreit mich mit hochrotem Kopf an. Er spricht eine Sprache, die ich nicht kenne, doch ich verstehe jedes Wort:

»Du wirst ihn nie wiedersehen! Hörst du? Nie wieder! Hast du nichts gelernt? Meinst du, ich schufte mein ganzes Leben, damit meine Tochter zur Schule gehen kann und es mal besser hat, und dann gucke ich zu, wie sie alles zunichtemacht? Nein! Du siehst ihn nie mehr! Wenn ich euch noch einmal zusammen sehe, dann bist du nicht mehr meine Tochter! Verstanden?«

»Das werde ich nicht tun!«, rufe ich – ruft etwas in mir mit meiner Stimme –, ich springe auf, öffne die Tür des Wohnwagens und stürze ins Freie.

»Alma? Alma?«

Peters besorgtes Gesicht schwebte vor meinem.

»Alles in Ordnung?«

Ich blinzelte einige Male.

»Ich habe nur gerade an etwas gedacht«, sagte ich.

Peter nahm meine Hand und führte mich durch die Menge in

Richtung Ausgang. Erst jetzt bemerkte ich, dass meine Finger sich krampfhaft um den Trostpreis klammerten.

Auf einmal war Peter verschwunden. Ich drehte mich um. Er bahnte sich einen Weg durch die Menge, auf einen ganz bestimmten Punkt zu. Ich folgte ihm. Zu spät erkannte ich, auf wen er so zielstrebig zusteuerte. Es war Brasse, der Förster, der mit Georg und dessen Freunden gerade aus dem Bierzelt kam. Peter stürmte auf ihn zu. Als er ihn erreicht hatte, rammte er ihn mit voller Wucht in die Seitenwand eines Imbissstandes. Sofort waren die anderen zur Stelle und packten Peter an den Armen.

»Du hast meinen Hund umgebracht, du mieses Schwein!«, schrie Peter so laut, dass sich seine Stimme überschlug.

Brasse sah ihn mitleidig an und grinste.

»Ich hab deine Misttöle nicht angelangt, Geißberger. Hättest halt mal besser aufgepasst auf deinen vierbeinigen Freund. Na ja, wenigstens haben die Kaninchen jetzt ihre Ruh. Jungs, zeigt ihm, wie man einen kühlen Kopf bewahrt.«

Einer von Georgs Freunden, ich kannte ihn nicht, nahm ein halb volles Bierglas, das auf einem der Tische stand, leerte es über Peters Kopf aus und schubste ihn zu Boden. Dann folgten die vier Brasse und ließen Peter im Gras sitzen. Die Menge der Schaulustigen, die sich um die Szene herum versammelt hatte, löste sich auf. Ich lief zu Peter.

»Hast du dir wehgetan?«

Peter schüttelte nur den Kopf, stand auf, wischte sich die Hose ab und ging in Richtung Ausgang. Auf dem Heimweg sprachen wir nicht. Peter schien der Vorfall mit Brasse noch im Kopf herumzuspuken und ich fragte mich, was an der Schießbude mit mir passiert war. Woher kam diese Halluzination? Verlor ich langsam den Verstand? Und woher kannte ich Georgs Namen?

Als wir am Hof ankamen, umarmte ich Peter. Wir küssten uns ein letztes Mal, bevor ich die Treppe zu meinem Zimmer hinaufstieg. Ich hängte das Lebkuchenherz an einen der Griffe des Kleiderschranks, legte die Haarspange auf das Nachtschränkchen und machte mich für die Nacht fertig. Beim Zähneputzen spürte ich, wie die Müdigkeit mich übermannte. Als ich aus dem Bad trat, klopfte ich noch schnell bei meiner Mutter an die Tür und betrat ihr Zimmer.

»Wo hast du dich denn den ganzen Abend rumgetrieben?«, fragte sie mit einem Gähnen. Sie saß im Bett und las *Blut unter Palmen.*

»Ich war mit Peter auf dem Jahrmarkt«, sagte ich. Ich versuchte es so zu betonen, als sei nichts dabei, mit Peter ... Peter ... *Peter* ... auf den Jahrmarkt zu gehen. Doch wie immer, wenn ich etwas vor meiner Mutter verbergen wollte, gelang es mir nicht.

»So, so, mit *Peter* auf dem Jahrmarkt.«

Ihr süffisantes Lächeln verriet mir, dass sie mich durchschaut hatte. Ich verdrehte die Augen und wollte gerade hinter mir die Tür schließen, als meine Mutter mich zurückrief.

»Alma?«

»Ja?«

»Du siehst glücklich aus. Das freut mich.«

»Gute Nacht.«

Ich schloss die Tür hinter mir. Im Flur hielt ich einen Moment inne. Die Worte meiner Mutter hatten mich berührt. Wann war eine von uns beiden zuletzt wirklich glücklich gewesen? Jetzt erst wurde mir klar, in welcher Ausnahmesituation wir ein Jahr lang gelebt hatten. Für mich war der Verlust meines Bruders sehr schmerzhaft gewesen, doch für meine Mutter musste jeder Augenblick seit dem Unfall unerträglich quälend gewesen sein. Am liebsten hätte ich auf der Stelle kehrtgemacht und mich zu ihr ins Bett gelegt, sie in den Arm genommen und ihr geschworen, dass ich sie niemals im Stich lassen würde. Aber dann hätte sie mich wahrscheinlich für verrückt erklärt. Mit einem Gefühl der Wärme ging ich in mein Zimmer und legte mich ins Bett. Mir fielen die Augen zu und ich schlief ein.

Und dann kam der Albtraum.

Der Albtraum, der kein Traum war.

5

Ich fahre mit einem Boot über den Weiher. Die Ruder entgleiten mir und ich muss mit den Armen weiterpaddeln. Als ich sie gerade ins Wasser tauchen will, entdecke ich Tausende Augenpaare, die mich aus dem schwarzen Weiher heraus anglotzen. Ich zucke zurück und erschrecke erneut, als ich bemerke, dass ich nicht mehr allein in dem Boot sitze. Herr Brasse, der widerliche Förster, sitzt auf der Bank am Heck und sieht mich mit seinen trüben Augen an. Ich weiche zurück, so weit ich kann. Er fletscht die Zähne zu einem falschen Lächeln. Dann beginnt er, mit seinem massigen Körper hin und her zu wippen. Das Boot schaukelt wild und ich muss mich mit aller Kraft festhalten, um nicht das Gleichgewicht zu verlieren. Ich schreie ihn an, dass er aufhören soll, doch das scheint ihn nur noch mehr zu provozieren und er verstärkt das Schaukeln. Mit einem Ruck werde ich aus dem Boot geschleudert und stürze auf das schwarze Wasser, auf das Meer von Augen zu. Ich tauche in den Weiher ein und gebe einen winselnden Laut von mir, als ich die glitschigen Augäpfel an meiner Haut spüre, die nicht, wie ich zuerst dachte, zu Gesichtern gehören, sondern einzeln herumschwimmen, wie riesige Erbsen in einer ekelerregenden Suppe. Ich schnappe an der Oberfläche nach Luft und bemerke, dass der ganze Weiher leuchtet. Die Pupillen der schwimmenden Augäpfel senden ein tiefgrünes Licht aus.

Irgendwie gelingt es mir, an Land zu schwimmen, und ich schüttle die weißen, schleimigen Kugeln von meiner Kleidung. Ich sehe mich um. Ich befinde mich auf der Liegewiese am Wasser. Aus den Augenwinkeln erkenne ich einen Schatten, der aus dem Wald kommt. Ich drehe mich um. Es ist Roberto. Er läuft den Weg am Ostufer entlang. Ich renne hinterher und rufe seinen Namen. Er scheint mich nicht zu hören, denn er läuft mit unverminderter Geschwindigkeit weiter. Auf einmal verschwindet er im Schilf. Ich folge ihm den Trampelpfad entlang und finde mich vor der Tür des Bootshauses wieder. Ich öffne sie und trete in den Raum dahinter und damit, wie soll ich es beschreiben, …

… in die Wirklichkeit. Mit einem Mal befinde ich mich nicht mehr in einem Traum. Es ist wie der Moment auf dem Jahrmarkt, als ich mich an meine Kindheit erinnert hatte. Auch diesen Moment habe ich schon einmal erlebt. Den Ort kenne ich nur zu gut. Ich stehe auf dem knarrenden Holzboden des Bootshauses. Zuerst glaube ich, ich sei in jene Nacht zurückgekehrt, als die Tote aus dem Wasser kam, doch irgendetwas ist anders. Ich *bin anders. Ich gehe den Steg entlang bis zum Ende. Dort setze ich mich hin und lasse meine rechte Hand ins Wasser gleiten. Ich spiele ein wenig mit den Fingern in den Wellen. Mein Blick fällt nach unten. Ich bin nicht ich! Das Mädchen, das mir aus dem Zerrspiegel des Wassers entgegenblickt, hat zwar pechschwarzes Haar wie ich, doch es ist zu einem Pferdeschwanz zusammengebunden. An den Seiten hat sie es hinter ihre Ohren gestrichen. Ihre Augen sind dunkelgrün und auf der Wange hat sie ein Muttermal, direkt unter dem rechten Auge, das wie eine Träne aussieht. Sie lächelt mich an* – ich *lächele mich an und dann entdecke ich die beiden Spangen in ihrem Haar, die beiden Libellen mit den funkelnden Augen. Ich fahre zusammen. In der Reflexion des Wassers ist hinter mir jemand aufgetaucht.*

Eine schwarze Gestalt.

Sie packt mich.

Sie drückt mir den Hals zu.

Und dann falle ich in die Kälte des Wassers und …

… schlug auf dem harten Holzboden neben meinem Bett auf.

Ein dumpfer Schmerz explodierte in meiner Schulter. Ich versuchte vorsichtig, den Arm zu bewegen, doch er fühlte sich taub an und gehorchte mir nicht. Ich zog mich mit der anderen Hand an der Bettkante hoch und tastete in der Dunkelheit nach dem Schalter der Nachttischlampe. Meine Finger fanden den Knopf und ich betrachtete mein Schultergelenk in dem schwachen Licht, das die Lampe aussendete. Es tat immer noch weh, doch ich konnte meinen Arm wieder vorsichtig bewegen. Wenigstens schien nichts gebrochen zu sein. Ich wollte mir die Verletzung trotzdem richtig ansehen. Auf dem Gang war es still und dunkel, als ich die Tür meines Zimmers hinter mir zuzog und das Badezimmer betrat. Ich schloss die Tür und trat vor den Spiegel.

Es war nicht der Anblick meiner Schulter, der mein Herz schneller klopfen ließ. Es waren meine Augen. Ich trat näher an den Badezimmerspiegel heran. Vor Schreck legte ich eine Hand über meinen Mund. Ich begann, am ganzen Körper zu zittern. In meinen Augen, tief in meinen Pupillen, glomm ein schwaches grünes Licht. Im Takt meines rasenden Herzens pulsierte es wie das Feuer eines Leuchtturms an einer fernen Küste. Was war mit mir? Was war *in* mir? Sekundenlang verharrte ich reglos, meine Hand vor dem Mund, ohne zu blinzeln. Jetzt nahm das Leuchten ab, mit jedem Pulsschlag, und war schließlich ganz erloschen.

Ich setzte mich auf den Klodeckel und vergrub mein Gesicht in meinen Händen. Meine Angst war zu groß für Tränen. Das Mädchen aus dem Traum, aus der Erinnerung, war die Tote aus dem Bootshaus, die, die mich geküsst hatte, die mich *infiziert* hatte. Was wollte sie von mir?

Eins war klar. Ich musste mehr über sie und ihren Tod erfahren. Ein letztes Mal betrachtete ich mich im Spiegel, doch das Leuchten in meinen Augen war erloschen. Ich sah mir noch rasch meine Schulter an, doch außer einer leichten Rötung war nichts zu erkennen. Ich schloss die Tür des Badezimmers hinter mir, überquerte den Gang und legte mich in mein Bett. Der Schlaf kam schnell und bescherte mir keine neuen Traumbilder.

»Was weißt du über das Mädchen, das letztes Jahr beim Bootshaus ertrunken ist?«, fragte ich, als ich mit Peter am Frühstückstisch saß. Meine Mutter verlangsamte besorgt ihre Kaubewegungen und sah Peter an, als würde er gleich erzählen, dass sie von einem weißen Hai angegriffen worden war. Doch der zuckte nur mit den Schultern.

»Nicht viel. Sie wurde eines Morgens im Wasser treibend gefunden. Anscheinend war sie betrunken.«

»Das ist doch bloß Gerede, Peter«, sagte Gerda, die mit am Tisch saß. »Nur weil das Mädchen nicht von hier war, dichtet man ihr solche Sachen an.«

»Macht's dir was aus, wenn wir mal im Internet nachschauen?«, fragte ich.

»Der Computer steht bei mir im Zimmer.« Peter stand auf und ich folgte ihm.

»Wenn ihr da nichts findet, ich glaube, in den *Ebersbacher Nachrichten* hat damals was gestanden«, rief Gerda uns hinterher.

Wir betraten Peters Zimmer und ich sah mich verstohlen um. An den Wänden hing ein Filmposter von den Commitments und ein großes Plakat von Jimi Hendrix. An einer Wand waren Familienfotos befestigt, die ich mit gespieltem Desinteresse betrachtete. Daneben stand ein Regal, das, neben einigen zerlesenen Taschenbüchern, eine Reihe dicker Wälzer mit Titeln wie *Der Untergang des Römischen Reiches* oder *Demokratie im antiken Griechenland* beherbergte.

»Die brauche ich fürs Studium«, erklärte Peter, der meine neugierigen Blicke sehr wohl bemerkt hatte. Er setzte sich an seinen Schreibtisch.

»Wonach soll ich suchen?«, fragte er.

Ich setzte mich neben ihn und wir probierten verschiedene Schlagwörter aus, doch wir bekamen kein einziges Resultat zu dem Fall des toten Mädchens.

»Was ist mit den *Ebersbacher Nachrichten*, die deine Mutter erwähnt hat? Haben die eine eigene Seite?«

Peter tippte den Namen der Zeitung ein, doch auch das lieferte keine Ergebnisse.

»Darf ich mal?«, fragte ich.

Peter nickte und überließ mir die Tastatur und während ich schrieb, las er mit gerunzelter Stirn mit.

»Glühwürmchen, Tod, Seele. Was soll das?«

»Nur ein Versuch«, sagte ich und drückte die Eingabetaste. Ich überflog die Liste der Vorschläge. Der vierte Eintrag schien mir vielversprechend. Ich klickte ihn an. Die Seite, die erschien, war mit *Märchen aus Osteuropa* überschrieben. Darunter war ein Rahmen abgebildet, in dem Folgendes stand:

»Die magischen Glühwürmchen (Sage, Rumänien)

Es war einmal ein armer Müller, der in einem Haus am Waldrand lebte. Seine Frau lag im Sterben und er schickte seine einzige Tochter ins Dorf, um Heilkräuter zu besorgen.

»Aber geh nicht durch den Wald, was auch geschieht«, warnte er sie. »Dort wohnt die Hexe Muma Pădurii. Sie tötet jeden, den sie in ihrem Wald erwischt.«

Das Mädchen tat, wie ihr geheißen ward, und lief um den Wald herum ins Dorf, wo sie die Heilkräuter besorgte.

Doch auf dem Rückweg begegnete sie einem Raben, der auf einem Baum am Wegesrand saß.

»Beeile dich!«, krächzte er. »Deine Mutter liegt im Sterben. Nimm den Weg durch den Wald, sonst ist es zu spät.«

»Aber die Muma Pădurii wird mich fangen und töten«, erwiderte das Mädchen.

»Ich werde dich warnen, wenn sie sich nähert«, versprach der Rabe.

Das Mädchen befolgte den Rat des Raben und lief durch den Wald. Es wusste nicht, dass der Rabe die Muma Pădurii war, die sich in einen Vogel verwandelt hatte.

Als das Mädchen schon tief in den dunklen Wald hineingelaufen war, flatterte der Rabe herbei und verwandelte sich in die Hexe Muma Pădurii. Mit einem Zauberspruch tötete sie das Mädchen.

Der Müller musste nun um seine Tochter und um seine Frau trauern, denn diese war kurz darauf ebenfalls verstorben. Jeden Abend saß er am Fluss neben dem Mühlrad und weinte.

»Wenn ich doch meine Tochter noch einmal wiedersehen könnte«, sprach er wieder und wieder.

Der Fluss hörte dies und hatte Erbarmen.

»Höre«, sprach er zu dem Müller. »Es gibt einen Weg, wie du deine Tochter wiedersehen kannst.«

»Sag mir, was ich tun muss«, bat der Müller.

»Ihre Seele ist im Totenreich gefangen. Der Tod ist ein dunkler Ort. Wenn du ihrer Seele Licht bringst, wird sie für einen Tag zu dir zurückkehren.«

Der Müller dachte lange nach, wie er der Seele seiner Tochter Licht bringen konnte. Da kam ihm die rettende Idee. In der Abenddämmerung spielten die Glühwürmchen auf der Wiese neben dem Mühlrad. Er stellte ein Glas mit Zuckerwasser auf und wartete, bis sie hineingeflogen waren. Dann schloss er das Glas und vergrub es in der Erde, in der sich das Grab seiner Tochter befand.

In der nächsten Nacht saß er am Fenster und sah, wie seine Tochter aus dem Wald kam, einem Schwarm Glühwürmchen folgend.

»Es war so dunkel«, sagte sie. »Doch du hast mir Licht gebracht.«

Der Müller schloss sie in seine Arme und sie verbrachten einen ganzen Tag miteinander. Als der Abend hereinbrach und es für das Mädchen Zeit war zu gehen, erzählte sie ihm, wie die Muma Pădurii sie überlistet hatte. Das Mädchen ging zurück in den Wald und der Müller weinte bitterlich, doch er hatte seine Tochter wenigstens ein letztes Mal gesehen.

Am nächsten Morgen streute er Körner vor der Mühle aus. Bald darauf kam ein großer Rabe herbeigeflattert, ließ sich auf dem Boden nieder und begann, die Körner zu picken. Der Müller warf ein Netz über ihn und sperrte ihn in einen engen Käfig, in dem er noch heute sitzt.

Und seit diesem Tag kann man unbesorgt durch den dunklen Wald gehen, denn die Muma Pădurii ward nie wieder gesehen.«

Ich las das Märchen durch und bat Peter, es mir auszudrucken.

Der Drucker begann, die Seiten auszuspucken. »Warum interessierst du dich eigentlich so sehr dafür?«, fragte Peter.

»Ich versuche, etwas über den Fall herauszufinden, was die Polizei vielleicht übersehen hat«, antwortete ich.

Peter nahm die ausgedruckten Seiten aus der Ablage des Druckers und händigte sie mir aus.

»Hier, dein Märchen, Sherlock. Hast du Lust, zum Weiher zu gehen?«

»Ich wollte eigentlich noch den *Ebersbacher Nachrichten* einen Besuch abstatten …«

»Gut, dann lass uns gehen.«

»… allein.«

»Ach so.« Er versuchte, seine Enttäuschung nicht durchklingen zu lassen.

Ich wollte gerade zurück in mein Zimmer gehen, um einen Block und einen Kugelschreiber zu holen, als meine Mutter mich ansprach.

»Alles in Ordnung?«

… *mit dir und Peter*, ergänzte ihr Blick.

»Ja. Alles klar.«

»Du siehst ein bisschen blass aus.«

»Hab schlecht geträumt«, erwiderte ich kurz angebunden und flüchtete, bevor sie mir noch weitere Fragen stellen konnte.

Wenig später lief ich die Einfahrt hinunter ins Dorf. An einem Kiosk kaufte ich mir ein Eis und fragte die Verkäuferin, wie man nach Ebersbach kam.

»Wenn du läufst, brauchst du ungefähr eine Stunde«, sagte sie mir und deutete in die Richtung, die ich einschlagen musste.

An diesem Tag war ich in der richtigen Stimmung für einen Spaziergang und deshalb entschied ich mich, zu Fuß zu gehen. Ich passierte das Ortsschild und folgte der Landstraße. In der Ferne sah ich den Jahrmarkt, dessen Lichter in der Mittagssonne weniger zur Geltung kamen, dennoch stieg in mir ein wohliges Gefühl hoch, als ich an den letzten Abend mit Peter dachte.

Peter.

Wieso hatte ich nicht gewollt, dass er mitkommt? Irgendwie spürte ich, dass diese Sache nur mich und das Mädchen etwas anging.

Aber was genau an Peter war es, dass ich ihn so mochte? Wieso hatte ich mich so schnell in ihn verliebt? Ja, er sah ganz gut aus, aber auch nicht so gut, dass er mir in einer Gruppe sofort aufgefallen wäre. Aber er hatte eine Art, die mir vertraut war, etwas Verletzliches.

Wie Roberto.

Die Erkenntnis traf mich so heftig, dass ich stehen blieb: Er hatte etwas von Roberto, diesen Blick, mit dem er mich ansah, der mich zum Schmelzen brachte.

Jetzt fiel mir der Tag im Schwimmbad wieder ein, als ich auf dem Zehn-Meter-Brett zusammengebrochen war. Ich hatte in diesem Moment gewusst, dass Roberto tot war. Es hatte sich angefühlt, als hätte jemand ein großes Loch in meine Seele gerissen.

Meine Augen wurden feucht und ich verscheuchte den Gedanken. Im Urlaub sollte man sich erholen. Und das mit Peter war wahrscheinlich sowieso nur ein Urlaubsflirt, wie ihn Tausende erlebten. Ich steigerte mich da zu sehr hinein.

Ohne es richtig wahrzunehmen, hatte ich Ebersbach bereits erreicht. Ich fragte mich zur Redaktion der *Ebersbacher Nachrichten* durch, die in einem hässlichen Betonbau im Dorfkern untergebracht war. Ich betrat die kühle Eingangshalle. Die zwei Stockwerke zur Redaktion erklomm ich zu Fuß. Hinter einer Glastür stand ein grauer Schreibtisch, auf dem eine kleine Ansammlung Kakteen angeordnet war. Kein Mensch war zu sehen. Vielleicht hatten heute alle früher Schluss gemacht, um zum Jahrmarkt zu gehen.

»Hallo?«, rief ich zaghaft. Niemand antwortete. Ich hörte nur ein gedämpftes Geräusch aus einem der Korridore. Ich folgte ihm und fand mich in einem ausgestorbenen Großraumbüro wieder. Irgendwo plärrte eine Fußballübertragung aus einem scheppernden Radio. Ich wollte mich gerade wieder umdrehen und zurückgehen, als ein lauter Schrei durch den Raum hallte:

»Das darf nicht wahr sein!«

Ich fuhr herum.

»Hallo?«

Ein Kopf blickte über den Rand eines Schreibtischs. Der dazugehörige Mann war mit seinem Stuhl so weit nach hinten gelehnt, dass ich ihn gar nicht gesehen hatte.

»Wer …?«

Weiter kam er nicht, denn er fiel nach hinten um und schlug mit dem Hinterkopf auf dem Boden auf.

»Aua!«

Ich rannte zu ihm.

»Haben Sie sich verletzt?«

Er setzte sich auf und drehte einen Moment lang den Kopf orientierungslos hin und her. Dann sah er mich an.

»Der HSV kriegt mal wieder nichts zustande.«

Ich nickte, dabei hatte ich nicht den blassesten Schimmer, wovon er sprach.

Er stand auf und schob den Stuhl unter den Tisch. Er trug eine abgewetzte Jeans und eine Fotografenweste, die besser für eine Polarexpedition geeignet war als für ein überhitztes Büro im Hochsommer. Dementsprechend zeichneten sich dunkle Schweißflecken unter seinen Achseln ab. Er hatte leichtes Übergewicht, aber ein offenes Gesicht, aus dem mich zwei wache Augen musterten.

»Du bist nicht von hier«, stellte er nüchtern fest.

»Sie aber auch nicht.«

»Nee, mich hat es aus Norddeutschland hierher verschlagen. Hamburg, um genau zu sein. Du kannst ruhig Norbert zu mir sagen. Norbert Lange.«

Er hielt mir eine Hand von der Größe einer Bratpfanne hin. Ich schüttelte sie zaghaft.

»Alma Córdoba-Kirschstein.«

»Donnerwetter! Das ist aber ein Zungenbrecher.«

Ich zuckte mit den Schultern.

»Und was verschlägt dich an diesem sonnigen Tag hierher, Alma Córdoba… wie?«

»Córdoba-Kirschstein.«

»Macht's dir was aus, wenn ich Alma sage?«

Ich schüttelte den Kopf.

»So, Alma, was kann ich für dich tun?«

»Ich wollte fragen, ob ich einen Blick ins Archiv werfen kann.«

»Klar. Da hinten durch die Tür. Du kannst dich an den Computer setzen. Der Benutzername ist *Ebersbacher* und das Passwort *Nachrichten*.

»Ist das nicht ein bisschen zu einfach?«

»Das ist nun wirklich nicht das Archiv der CIA. Macht dir doch nichts aus, wenn ich mir jetzt das Spiel zu Ende anhöre, oder?«

Ich schüttelte den Kopf und ging durch die Tür, auf die er gezeigt hatte.

Der Raum, den ich betrat, war fast dunkel. Die Rollläden vor den Fenstern waren halb heruntergelassen und warfen das Licht in Zeilen aus Bindestrichen an die gegenüberliegende Wand. Neben mehreren massiven Aktenschränken, aus deren Seiten große Kurbeln wie Schiffsruder herausragten, stand auf dem verblichenen Teppich ein Schreibtisch. Der Computer darauf hatte seine besten Jahre vor meiner Geburt erlebt. Ich suchte einige Minuten lang die Maus, bis ich begriff, dass er überhaupt keine besaß. Kein Wunder, dass dieses Provinzblatt keine Internetseite hatte. Ich versuchte, mich in dem unübersichtlichen Menü zurechtzufinden, das auf dem schwarz-bernsteinfarbenen Display erschien, nachdem ich das Passwort eingegeben hatte, gab aber bald entnervt auf.

Ich ging zurück in die Redaktion, gerade als aus dem Radio ein zweites »Tooooor!« erklang.

»Verdammte Stümper«, brummelte Norbert und schaltete das Radio aus.

Ich machte mich bemerkbar.

»Ähm …«

Norbert sah auf.

»Kannst du mir mit dem Computer helfen?«

»Selbstverständlich.«

Er stand auf und schlurfte vor mir her ins Archiv. Dort setzte er sich an die Tastatur.

»Also, hier kannst du das Datum des Artikels eingrenzen, nach dem du suchst. Und in diesem Feld kannst du nach Schlagwörtern suchen.«

»Und wie wechsle ich in das nächste Feld?«

»Mit dieser Taste hier.«

Zwei Pfeile, die in entgegengesetzte Richtungen zeigten, waren auf der Taste abgebildet, auf die er deutete.

»Darf ich fragen, wonach du suchst?«

»Im Nachbardorf gibt es einen Weiher, da ist vor einem Jahr ein Mädchen ertrunken. Ich wollte nachschauen, ob darüber was in der Zeitung stand.«

Norbert sah mich durchdringend an.

»Dann können wir uns die Computerprozedur sparen.«

Er stand auf, drehte an einer der Kurbeln und zwängte sich in den Spalt, der sich zwischen den Aktenschränken aufgetan hatte. Sekunden später kehrte er mit einer Ausgabe der *Ebersbacher Nachrichten* zurück und ließ sie auf den Schreibtisch fallen.

»Vorletzte Seite, wenn ich mich recht entsinne.«

Ich schlug die Zeitung auf und blätterte vorsichtig die Seiten um. Obwohl ich innerlich darauf vorbereitet war, zuckte ich zusammen, als ich das kleine Foto auf der vorletzten Seite entdeckte. Das Mädchen lächelte mich an. Sie war es. Es war das gleiche Lächeln, das ich vergangene Nacht im Traum gesehen hatte und, zu einer Grimasse des Horrors verzerrt, in jener Nacht im Bootshaus. Unter ihrem rechten Auge saß das tränenförmige Muttermal und in ihrem Haar, das zu einem Pferdeschwanz zusammengebunden war, steckten zwei mit Libellen besetzte Haarspangen. Ein Mann hatte seinen Arm um ihre Schulter gelegt. Ich erkannte ihn sofort wieder: Es war der Besitzer der Schießbude. Die Bildunterschrift lautete: »Dieses Foto von Linda Alexandrescu (17) und ihrem Vater Constantin (49) entstand nur wenige Tage vor ihrem tragischen Unfall.«

»Linda Alexandrescu«, las ich laut.

»Ja, so hieß das Mädchen.«

Ich drehte mich zu Norbert um.

»Warst du dabei?«

»Ich habe den Artikel geschrieben. War eine merkwürdige Geschichte. Eines Morgens hat man die Kleine tot im Wasser treibend gefunden. Sie war nur mit ihrer Unterwäsche bekleidet. Die Polizei ging davon aus«, hier malte er Gänsefüßchen in die Luft, »dass sie nachts auf die Idee gekommen war, schwimmen zu gehen. Wenn du mich fragst, war da was faul.«

»Wieso?«

»Weil die sich nicht viel Mühe gegeben haben. Die Leiche wurde nicht richtig untersucht. Der Vater wollte keine Autopsie und da man nicht von einem Verbrechen ausging, wurde auch keine gemacht. Aber ich hatte damals den Eindruck, dass die Polizei auch gar nicht so wild darauf war, sich weiter mit dem Fall zu beschäftigen.«

»Hatte das einen Grund?«

»Das Mädchen stammte aus einer Schaustellerfamilie und die sind hier in der Gegend nicht gerade beliebt. Manchmal stößt man hier schnell an die Grenzen der Toleranz. Aber warum interessiert dich das alles so brennend?«

»Ach, ich verbringe meinen Urlaub auf dem Bauernhof in der Nähe, wo es passiert ist. Ich wollte nur wissen, was an der Geschichte dran ist. Kann ich eine Kopie des Artikels haben?«

Als ich wieder auf den Platz vor dem Zeitungsgebäude trat, war die Sonne schon merklich weitergewandert. Besorgt stellte ich fest, dass sich eine Wand aus dunkelgrauen Wolken in den blauen Himmel schob. Es sah ganz nach einem Gewitter aus. Ich beschleunigte meine Schritte und lief die Landstraße entlang.

Linda.

Jetzt wusste ich wenigstens ihren Namen. Linda Alexandrescu. Was ist letztes Jahr passiert, Linda?, fragte ich mich, da riss mich das steinige Grollen eines Donnerhalls aus meinen Gedanken. Ich befand mich ungefähr zwei Kilometer außerhalb des Dorfes. Sollte ich zurückgehen? Ich betrachtete den Himmel. Er hatte sich unterhalb der dunklen Wolkenwand schweflig gelb gefärbt. Ich beschloss, es darauf ankommen zu lassen, und lief schneller.

Ein Blitz zuckte am Horizont, wie ein knöchriger Finger, der sich in die Erde bohrt, und erhellte die Landschaft für den Bruchteil einer Sekunde. Als sei dies das Signal gewesen, setzte ein Platzregen ein, dessen Tropfen wie Hagelkörner auf die Straße prasselten. Ich rannte los. Innerhalb von Sekunden war ich klitschnass. Meine Hose klebte unangenehm an meinen Beinen. Es gab nicht mal einen Baum, unter den ich mich hätte stellen können. Jetzt blitzte es erneut, sofort gefolgt von einem Donnerhall. Das Gewitter kam näher. Der Regen fiel jetzt so dicht, dass er fast eine solide Wand aus Wasser bildete. Ein Auto brauste an mir vorbei und das Rinnsal, das die Straße hinunterplätscherte, fächerte sich zu einem Schwall auf, der sich nun über mich ergoss. Es machte keinen Unterschied – ich war sowieso schon völlig durchnässt.

Ich bemerkte zunächst gar nicht, dass die roten Bremslichter des Wagens aufleuchteten und er einige Meter vor mir hielt. Die Beifahrertür öffnete sich. Ich sah den Schatten des Fahrers verschwommen durch die Heckscheibe. Mir wurde mulmig. Sollte ich einsteigen? Ich sah mich schon als Fall in einer dieser Fernsehshows. *Das war das letzte Mal, dass man Alma C.-K. lebend sah.*

Vorsichtig trat ich an das Auto heran. Der Fahrer machte keine Anstalten auszusteigen. Ich fühlte, wie mein Herz pumpte. Ich beugte mich vor, um ins Innere des Wagens zu sehen. In diesem Moment knallte es so laut, dass ich zusammenfuhr, als hätte mich jemand auf den Rücken geschlagen. Ein weiterer Blitz, näher als alle davor.

»Steig ein, du holst dir den Tod!«

Es war Georg, der am Steuer saß – der Typ vom Jahrmarkt, dessen Name mir aus dem Nichts heraus eingefallen war.

»Kannst du mich ins nächste Dorf mitnehmen?«, fragte ich.

»Klar, aber beeil dich, sonst flutest du noch den Wagen.«

Ich schlüpfte auf den Beifahrersitz und schloss die Tür.

»Ich heiße Georg.« Und obwohl ich das bereits wusste, bekam ich Gänsehaut.

»Ich bin Alma.«

Georg musste sich ganz auf die Fahrbahn konzentrieren, denn die Regentropfen, die auf die Windschutzscheibe hämmerten, verwandelten die Welt außerhalb des Autos in eine graue Aquarellwüste.

»Kennen wir uns irgendwoher?«, fragte er.

»Ja!«, antwortete ich etwas zu schnell und zu energisch.

Er sah kurz zu mir herüber.

»Wir haben uns gestern Abend auf dem Jahrmarkt gesehen.«

»Oh.«

Ich kam mir blöd vor. Natürlich konnte er sich nicht an das Mädchen erinnern, das er in einem unachtsamen Moment angerempelt hatte.

»Ich habe das komische Gefühl, dass wir uns schon länger kennen.«

Ich traute mich kaum, ihn anzusehen. Ihm ging es also genauso wie mir. Er sah den Ausdruck auf meinem Gesicht.

»Das klang jetzt doof. Ich wollte dich nicht ... anmachen oder so. Du hältst mich wahrscheinlich jetzt für einen totalen Psycho.«

»Nein, nein«, sagte ich schnell.

Wir schwiegen eine Weile. Ich sah aus dem Fenster.

Georg streckte seinen Arm aus, um das Radio anzumachen, dabei berührte seine Hand ganz leicht meinen Ellbogen. Ein Blitz zuckte, doch es war keine Entladung des Gewitters, das draußen mit unverminderter Intensität tobte, es war ein Funken in meinem Bewusstsein und ich ...

... sitze auf Georgs Schoß, seine Lippen auf meinen und ...

... es war vorbei. Ich traute mich nicht, den Kopf zu bewegen, nur aus meinen Augenwinkeln lugte ich zu Georg herüber. Er lenkte den Wagen, als sei nichts geschehen.

»Du bist nicht von hier, oder?«

Ich musste meine Gedanken ordnen, um überhaupt auf die Frage antworten zu können, *wer* ich war.

»Ich mache Urlaub auf dem Geißberger Hof«, antwortete ich schließlich.

»Verstehe.«

»Kennst du den Weiher am Wald?«, fragte ich, einer plötzlichen Eingebung folgend. »Da kann man ganz toll schwimmen. Das ist traumhaft in der Sonne.«

Georg sah stur geradeaus.

»Wusstest du, dass da letzten Sommer ein Mädchen ...«

Ich sah, wie Georgs Hände sich einen Moment lang am Lenkrad verkrampften, als müsse er sich beherrschen.

»Hier musst du raus, oder?«

Sein Ton hatte jegliche Wärme und Freundlichkeit verloren.

Wir fuhren in die Einfahrt zum Hof. Vor dem Haus hielt er.

»Danke fürs Mitnehmen«, sagte ich. »Bis bald.«

»Bis bald, Lin… Alma.«

Ich hatte richtiggelegen. Er wusste etwas über das Mädchen. Ich hielt ihm die Hand hin und er schüttelte sie. Wie ein Schmerz zuckte eine Welle von seiner Hand zu meiner, eine Welle aus Bildern, Erinnerungen, Gerüchen – zu schnell, um sie richtig wahrzunehmen –, und als ich seine Hand losließ, hatte sich zwischen uns etwas geändert. Auf einmal wollte ich nicht mehr aus dem Auto aussteigen, ich wollte hier neben ihm sitzen bleiben, seine Nähe spüren. Er sah mir in die Augen. Spürte er das Gleiche?

Wer weiß, was passiert wäre, wenn in diesem Moment nicht jemand die Beifahrertür aufgerissen hätte. Ich fuhr herum. Peter stand da, im prasselnden Regen. Er blickte mich an, sah von mir zu Georg und mir war klar, dass ihm die Szene, die er vorgefunden hatte, gar nicht gefiel.

»Danke noch mal«, sagte ich hastig und stieg aus, ohne Georg noch einmal anzusehen.

»Was hast du denn mit dem zu tun?«, fragte Peter.

»Gar nichts. Er hat mich mitgenommen, weil es geregnet hat.«

»Aha«, antwortete Peter kühl.

Das Ganze hätte zu einem handfesten Streit ausarten können, da ich mir nicht vorschreiben lassen wollte, mit wem ich mich unterhalten durfte und mit wem nicht, wäre meine Mutter nicht aus dem Haus gerannt gekommen. Ihr Gesicht war bleich und sie schien den Regen gar nicht zu bemerken.

»Alma, da bist du ja!«, rief sie aufgeregt.

Ich lief auf sie zu. Peter folgte mir.

»Was ist los?«, fragte ich besorgt.

»Oma ist gestürzt.«

»Was?«

»Sie ist im Krankenhaus. Der behandelnde Arzt hat mich gerade angerufen. Anscheinend hat sie versucht, ein Einmachglas vom Küchenschrank zu holen, und ist dabei vom Stuhl gefallen. Du weißt ja, wie sie ist. Sie denkt immer noch, sie wäre zwanzig.«

Wir betraten das Haus und gingen in die Küche. Der Tisch war einladend für das Abendessen gedeckt.

»Ich muss morgen früh zurückfahren, um nach ihr zu sehen.«

»Ich komme mit.«

»Nein. Ich will, dass du hierbleibst und deinen Urlaub genießt.«

Ich bemerkte, wie ihre Augen kurz zu Peter hinüberzuckten, der am Tisch Platz genommen hatte.

»Das bringt doch nichts, wenn wir beide fahren.«

»Und was ist mit deinem Urlaub?«, fragte ich.

»Ich komme in ein paar Tagen zurück, wenn Oma versorgt ist.«

»Na, wenn du meinst.«

Gerda servierte das Essen und für den Rest des Abends bestritten sie, ihr Mann und meine Mutter die Konversation. Peter und ich aßen, ohne ein Wort zu sagen.

Als ich später auf meinem Zimmer war, holte ich die Fotokopie des Zeitungsartikels aus meiner Hosentasche hervor und strich sie glatt. Die Kanten hatten sich durch die Feuchtigkeit gewellt. Ich las Norberts Zeilen noch einmal aufmerksam durch. Die Leiche von Linda Alexandrescu war am Morgen des 14. Augusts im Weiher schwimmend gefunden worden. Das Datum stach mir sofort ins Auge. Wahrscheinlich war sie am 13. gestorben, genau wie mein Bruder. Das konnte kein Zufall sein! Die Polizei hatte keine Anzeichen von Gewalteinwirkung gefunden und war daher von einem Badeunfall ausgegangen.

Norbert ließ durch seine Formulierungen ganz deutlich erkennen, dass er die Polizeiarbeit in diesem Fall für alles andere als verlässlich hielt. Der Artikel endete mit dem Hinweis, dass Linda am folgenden Tag auf dem Friedhof der Theresenkapelle beigesetzt werden würde. Ich betrachtete das Foto, das Linda mit ihrem Vater zeigte. Er sah so stolz aus, so glücklich. Ich legte die Kopie zur Seite und machte mich fürs Bett fertig.

6

Der schwarze, glatte Spiegel des Weihers liegt vor mir. Ich wende mich ab und folge dem Pfad, der am Schilf vorbei nach Süden führt, zum Waldrand und damit zum Geißberger Hof zurück. Doch ein sumpfiges Loch unterbricht den Weg. Ich setze einen Fuß in den Matsch. Auf der anderen Seite geht der Weg weiter. Ich steige mit meinem zweiten Fuß in den Morast. Er bleibt stecken. Ich will mein Bein aus dem Schlamm ziehen, doch es gelingt mir nicht. Eine Hand taucht vor mir aus dem feuchten Erdreich auf, eine braune, verschrumpelte Hand. An ihr zieht sich ein vertrockneter Körper aus dem Sumpf. Es ist die Moorleiche aus dem Heimatmuseum.

Ich gerate in Panik, drehe mich um und versuche, mit aller Kraft loszurennen. Schließlich gelingt es mir, meine Beine aus dem Sumpf zu befreien, jedoch saugt der Unterdruck mir meinen Schuh vom rechten Fuß. Mit einem schmatzenden Geräusch entsteigt die Moorleiche der Erde. Panisch renne ich los. Ich folge der Biegung des Weges und höre die glitschigen Schritte der Untoten hinter mir. Ich sehe mich um. Meine Verfolgerin holt auf, ihr zahnloser Mund ist geöffnet, ihre leeren Augenhöhlen starren mich an. Als ich den Kopf wieder zurückdrehe, stoße ich fast mit der Tür des Bootshauses zusammen. Jemand öffnet sie von innen. Robertos Kopf lugt hervor.

»Alma, komm rein. Schnell!«

Ich betrete das Gebäude …

… und plötzlich ist der Traum kein Traum mehr. Die Bilder werden scharf und deutlich, die Geräusche glasklar, die Gerüche intensiver. Ich bin hier. In meiner Hand ein Brief. Ich halte ihn an mein Herz und setze mich ans Ende des Stegs. Wieder höre ich

nach kurzer Zeit, wie jemand sich nähert. Eine Spiegelung im Wasser, eine verschwommene Gestalt. Dann zwei Hände um meinen Hals, zwei starke Hände, die mit aller Kraft meine Luftröhre zudrücken. Ich ringe nach Luft. Vor meinen Augen tanzen Sterne. Schließlich senkt sich die schwarze Nacht über mein Bewusstsein und ich …

… wachte auf.

Draußen war es noch dunkel. Nur langsam beruhigte sich mein Herzschlag. Die Angst verblasste und wich einer unangenehmen Wärme in meiner Magengegend. Wie ein giftiges Gas stieg ein Gefühl der Übelkeit in mir auf. Einige Minuten wartete ich ab, ob es von allein wieder verschwinden würde, doch es wurde immer schlimmer.

Ich schlug die Decke zur Seite, stieg aus dem Bett und rannte los, eine Hand vor meinen Mund gepresst, über den Flur ins Bad. Ich hob den Klodeckel an und kniete mich vor die Schüssel. Kalter Schweiß stand mir auf der Stirn. Ein Krampf schüttelte mich. Ich würgte heiße Luft hervor. Erst beim zweiten Mal kam etwas heraus. Doch es waren keine Essensreste. Als ich sah, was dort im Wasser der Kloschüssel schwamm, was aus mir herausgekommen war, packte mich ein solcher Ekel, dass mir die Tränen in die Augen schossen und ich laut aufschluchzte. Noch zuckend, zappelnd, sich windend, schwammen dort drei Leuchtkäfer. Das letzte Vibrieren ihrer Flügel erzeugte ein mechanisches Schnarren am Porzellan der Innenwand. Ich schlug voller Entsetzen den Klodeckel zu und drückte hastig die Spülung. Als das Bassin wieder vollgelaufen war, drückte ich ein zweites Mal auf den Knopf. Ich wagte nicht nachzusehen, ob die Brut verschwunden war. Das Geräusch der Flügel war jedenfalls verstummt.

Ich stand auf und betrachtete mich im Spiegel. Die Schweißperlen lagen, wie nach einem Dauerlauf, in einer Kette auf meiner Stirn. Meine Haut war blass. Nur in meinen Augen leuchtete das pulsierende grüne Licht, *ihr* Licht, das kurz darauf verschwand. *Sie* wurde stärker.

Ich lag im Bett, bis das Schwarz des Nachthimmels sich langsam zu einem Ultramarin verfärbte. An Schlaf war nicht zu denken. Ich versuchte, *Das Packard-Haus* zu lesen, doch nachdem ich einen Satz viermal überflogen hatte, ohne seine Bedeutung zu verstehen, gab ich auf. Ich zog mich an, stieg die Treppe hinunter und setzte mich auf die Bank vor dem Haus. Ich sah der Landschaft dabei zu, wie sie langsam aufwachte. Die Sonne warf ihre ersten Strahlen über den Horizont. Die Stimmen der Vögel klangen glasklar. Ich hörte, wie jemand in der Küche zugange war, und ging zurück ins Haus. Meine Mutter sah mich überrascht an, als ich den Raum betrat.

»Du bist schon wach?«

»Konnte nicht schlafen.«

Ich setzte mich auf die Bank neben dem Ofen und lehnte mich an die Kacheln.

»Alles okay mit dir, Alma? Du siehst ganz schön mitgenommen aus.«

Sie goss Kaffee in zwei Tassen und stellte eine vor mir auf den Tisch. Ich zuckte mit den Schultern, griff nach der Tasse und trank.

»Ich fahre jetzt los.«

»Hast du noch was von Oma gehört?«

»Seit gestern Abend nichts mehr. Ich rufe dich an, sobald ich etwas weiß.«

»Mach's gut, Mama. Und grüß Oma von mir. Wünsch ihr gute Besserung.«

»Mach ich. Pass auf dich auf, mein Schatz.«

Ich umarmte sie und wollte sie gar nicht mehr loslassen, als ahnte ich, was mir noch alles widerfahren sollte, bevor ich sie wiedersah.

»Tschüss«, sagte sie und ging mit ihrem Koffer nach draußen. Ich hörte, wie die Tür ihres Autos zuschlug, und dann war es wieder still. Eine Weile saß ich einfach nur da und versuchte, an nichts zu denken. Schließlich hörte ich Schritte im Flur. Peter betrat die Küche. Ich bemerkte seine Überraschung, als er mich sah.

»Hallo«, sagte er unsicher. Er wartete meine Antwort nicht ab, sondern ging zum Kühlschrank und nahm die Milchflasche heraus.

»Hallo«, erwiderte ich. Peter bereitete sich eine Schale Müsli zu und setzte sich zu mir an den Tisch. Er stocherte mit dem Löffel darin herum. Dann sah er mich an.

»Was war das mit Georg gestern?«

Ich fühlte, wie die Wut in mir hochstieg.

»Was willst du eigentlich? Er hat mich nach Hause gefahren, weil es geregnet hat. Das habe ich doch gestern schon gesagt.«

»Alma, das ist ein ganz komischer Typ. Mit dem stimmt was nicht.«

»Er interessiert mich doch überhaupt nicht.«

»Halt mich doch nicht für blöd. Ich habe doch gesehen, wie du ihn angeschaut hast.«

»Und wie?«

»So, wie … naja, wie du mich auf dem Jahrmarkt angesehen hast.«

Ich schnaubte. Wie sollte ich ihm erklären, dass nicht ich es gewesen war, die Georg angehimmelt hatte, sondern der Teil in mir, der immer stärker wurde, der Besitz von mir ergriffen hatte, der Teil, der Linda Alexandrescu beherbergte.

Mir wurde erst bewusst, dass ich sprach, als die Worte schon aus meinem Mund kamen. Es waren nicht meine Worte:

»Der Abend auf dem Jahrmarkt? Du glaubst doch nicht, dass mir das etwas bedeutet hat.«

Ich konnte in seinem Gesicht lesen, wie sehr ich ihm wehgetan hatte. Er stand wortlos auf und verließ die Küche. Ich wollte ihm nachlaufen, aber was hätte ich ihm sagen sollen? Dass es mir leidtat, dass ich es nicht so gemeint hatte, dass es der Geist eines toten Mädchens war, der da gesprochen hatte? Ich stützte meinen Kopf auf meine Hände und schloss die Augen. Und jetzt fühlte ich Lindas Präsenz wie ein Hintergrundrauschen in meinem Bewusstsein, wie eine Stimme, die durch die Wand aus einem anderen Zimmer dringt.

Ich beschloss, den Nachmittag am Weiher zu verbringen.

Einzelne Wolkenfetzen hingen am Himmel und eine leichte Brise kühlte die Hitze der Sonne, als ich über den Waldweg lief. Ich kam an der Lichtung vorbei, an der Peter mich an meinem ersten Tag hier so erschreckt hatte. Im Gras lag etwas, ein Rucksack, den ich irgendwo schon einmal gesehen hatte. Ich trat näher heran. Jetzt erkannte ich, dass es sich um Gabors Rucksack handelte. Ich vernahm ein Geräusch aus dem Unterholz, ein kaum wahrnehmbares Ticken. Ich ging auf die Bäume zu. Dort bewegte sich jemand. Leise schlich ich mich an einen Baumstamm heran und sah um die Ecke. Gabor kniete auf dem Boden, in seiner Hand der Apparat. Er drehte an den Knöpfen und ich hörte, wie sich die Frequenz des Tickens veränderte. Er stand auf und ich sah, dass vor ihm auf dem Boden etwas lag. Es war ein totes Kaninchen. Gabor justierte seinen Apparat weiter und plötzlich flog der Schwarm Fliegen, der sich auf dem Kaninchen niedergelassen hatte, in die Luft und schwebte zwischen den Armen des Apparats. Gabor lächelte zufrieden. Es sah unheimlich aus, wie er vor dem Kadaver stand und die Fliegen mit den Bewegungen seines Geräts kontrollierte.

Und jetzt kam mir ein Gedanke. Hatte er seinen Apparat benutzt, um meinen Namen in jener Nacht in den Himmel zu schreiben? Hatte er die Glühwürmchen so dirigiert, dass sie die Buchstaben geformt hatten? Und was war mit den toten Kaninchen? Hatte er sie getötet, um die Insekten zu studieren, die sich in ihren Körpern einnisteten? Er hatte doch mal erwähnt, wie faszinierend er es fand, dass man anhand des Insektenbefalls den Todeszeitpunkt bestimmen konnte.

Gabor schaltete seinen Apparat ab und die Wolke aus Fliegen löste sich auf. Hastig lief ich auf den Waldweg zurück. Ich wollte nicht, dass Gabor merkte, dass ich ihn beobachtet hatte.

Ich folgte dem Weg zum Weiher und suchte mir ein abgelegenes Plätzchen, wo ich ungestört mein Badetuch ausbreiten konnte. Ich las ein halbes Kapitel in meinem Buch, bevor mir die Augen zufielen und mich der Schlaf übermannte, der mir in der Nacht verwehrt geblieben war.

So döste ich in der Sonne vor mich hin und das Platschen und Jauchzen der Badenden vermischte sich mit meinen Traumbildern. Ich blieb von den Albträumen der Nacht verschont, es war bloß wirres Zeug, das ich träumte.

Als ich einige Stunden später die Augen wieder aufschlug, hatte sich meine Haut etwas gerötet und ich spürte einen leichten Schmerz, wenn ich mit dem Finger daraufdrückte. Sonnenbrand gehört zum Urlaub dazu, dachte ich und packte meine Sachen. Die meisten Badegäste waren schon nach Hause gegangen, als ich über die Liegewiese schlenderte und den Kiesweg betrat.

Etwa auf halber Strecke zum Hof kam mir ein Auto entgegen. Ich erkannte es sofort. Es war der Wagen, in dem Georg mich gestern mitgenommen hatte. Instinktiv ließ ich den Kopf hängen und wandte mich vom Weg ab. Das Auto fuhr an mir vorbei. Doch genau wie gestern blieb es kurz darauf stehen. Das

Fahrerfenster senkte sich und Georgs Kopf erschien in der Öffnung.

»Hey, du!«

Ich drehte mich um.

»Ja?«

»Komm mal her.«

Widerwillig näherte ich mich dem Wagen. Auf der Rückbank und dem Beifahrersitz saßen die Jungs, mit denen Georg auf dem Jahrmarkt gewesen war.

»Was gibt's?«, wollte ich wissen und stemmte meinen Arm in die Hüfte.

»Wir sind auf dem Weg zum Weiher. Hast du Lust mitzukommen? Wir haben Musik dabei, ein paar Bierchen …«

Ich sah in seine Augen und fühlte, wie sie eine Verbindung zu Linda herstellten.

»Klar«, hörte ich mich sagen.

»Steig ein«, antwortete Georg und einer seiner Freunde öffnete die hintere Tür.

»Fahrt schon mal vor«, sagte ich. Wenigstens für den Moment schien ich wieder die Kontrolle über meinen Körper zu erlangen.

»Ich komme später nach.«

Georg zuckte mit den Schultern.

»Okay.«

Die Scheibe fuhr mit einem elektrischen Surren hoch und das Auto setzte sich wieder in Bewegung. Ich sah ihm nach und spürte ein Verlangen, hinterherzurennen und mitzufahren. Doch noch war mein Wille stärker als Lindas.

Leise betrat ich das Bauernhaus. Aus der Küche drangen die Geräusche des Abendessens. Ich verspürte keine große Lust, daran teilzunehmen, da ich Peter nicht begegnen wollte. Also schlich ich mich nach oben, zog einen Pulli und eine lange Hose an und wollte gerade das Zimmer wieder verlassen, um zum Weiher zu gehen, als ich noch einmal kehrtmachte. Aus dem Nachttisch nahm ich Peters Taschenmesser und ließ es in meine Hosentasche gleiten. Vorsichtig ging ich die Treppe hinunter. Als ich den unteren Absatz erreichte, öffnete sich die Tür und Gerda kam aus der Küche. Ich blieb mitten in der Bewegung stehen, wie ein erwischter Einbrecher.

»Isst du nicht mit?«, fragte sie verwundert.

»Äh … nein«, antwortete ich. »Ich treffe mich mit einer … einer Freundin.«

Gerda sah mich an. Es war offensichtlich, dass sie mir kein Wort glaubte.

»Erkälte dich nicht. Es ist kühl draußen.«

Ich nickte, schlüpfte durch die hintere Tür ins Freie und lief auf den Wald zu.

Es wurde langsam dunkel, als ich aus dem Wald trat. Georgs Auto war auf der Liegewiese geparkt, das Radio lief und die Türen standen offen. Davor hatten die vier Jungs einen Ring aus Steinen zusammengetragen, in dessen Mitte die rote Glut brannte. Von einem Rost, der darüber befestigt war, zogen würzige Schwaden zu mir herüber. Ich merkte, wie hungrig ich war, und näherte mich der Gruppe. Georg entdeckte mich als Erster. Er stand auf und begrüßte mich. Dann stellte er mich den anderen vor.

»Alma, das sind Oliver, Lukas und Marco – Oliver, Lukas und Marco, das ist Alma.«

Ich schüttelte reihum die Hände. Oliver und Lukas hatte ich ja schon kennengelernt. Marco hatte ein rotes Gesicht und grinste mich frech an, als ich ihm die Hand schüttelte.

»Setz dich her«, sagte Oliver. »Willst du ein Bier?«

Bevor ich antworten konnte, hatte ich schon eine Flasche in

der Hand. Oliver wendete das Grillgut und löschte es mit seinem Bier ab. Ich setzte mich zwischen Marco und Georg und die beiden fragten mich aus – wo ich herkam, wo ich zur Schule ging und so weiter. Oliver drückte uns Pappteller mit Fleisch in die Hand.

»Nicht schlecht«, sagte ich, nachdem ich probiert hatte.

Oliver verneigte sich übertrieben.

»Zu gütig«, antwortete er.

»Oliver stochert gerne im Feuer herum«, sagte Georg.

Die drei Jungs lachten über eine doppelte Bedeutung, die ich nicht verstand.

»Woher kennt ihr euch?«, fragte ich.

»Ich bin mit Lukas zur Schule gegangen«, sagte Georg. »Oliver und Marco kenne ich vom … vom Sportverein.«

Ich hatte bemerkt, wie Marco Georg einen warnenden Blick zuwarf. Oliver versuchte, die Situation mit einem Witz zu überspielen, und an der Art, wie Marco eine Spur zu laut lachte, merkte ich, wie erleichtert sie waren, dass ich nicht weiter nachgefragt hatte.

Schließlich setzte sich Marco zu Lukas und Oliver und Georg fragte mich, ob ich mit ihm ans Wasser gehen wollte. Ich willigte ein. Als wir aufstanden, beobachtete ich, wie Oliver und Marco sich angrinsten, nur Lukas sah mich mit einem undeutbaren, kühlen Blick an. Wir liefen zum Ufer und Georg hatte die Idee, auf den Baum zu klettern, dessen Ast über dem Wasser hing. Dort saßen wir und blickten auf den Weiher, dessen Oberfläche sich im sanften Wind kräuselte.

»Morgen gehen wir zusammen auf den Schwarzstein. Da oben gibt es eine total gemütliche Hütte mit einer super Küche und einer perfekten Aussicht. Hast du vielleicht auch Lust mitzukommen?«

Ich lächelte ihn an, um Zeit zu gewinnen.

»Wir gehen um halb zwölf von hier aus los. Den Weg da hoch, der vom Westufer abgeht.«

Bevor ich nachdenken konnte, hatte *sie* schon für mich geantwortet.

»Gerne. Wenn's die anderen nicht stört?«

»Im Gegenteil.«

Plötzlich legte Georg seine Hand auf meine und mit einem Ruck durch meinen ganzen Körper fand ich mich in Lindas Erinnerung wieder.

Es ist Tag, die Sonne scheint und ich lese in einem Buch.

»Das ist mein Platz«, höre ich eine Stimme neben mir sagen. Ich drehe mich um. Georg sitzt neben mir. Sein Haar ist etwas länger. Er sieht jünger aus.

»Wer sagt das?«, frage ich mit einer etwas tieferen, kratzigeren Stimme als meiner eigenen. Sie ist von einem leichten Akzent gefärbt.

»Das war schon immer mein Platz«, erwidert Georg.

»Ach ja?«

»Ja.«

»Jetzt sitze ich aber hier.«

»Das sehe ich.«

»Und was willst du dagegen tun?«

Georg grinst.

»Ich warne dich«, sage ich. »Wage es bloß nicht …«

Weiter komme ich nicht. Georg packt mich an der Schulter und versucht, mich aus dem Gleichgewicht zu bringen. Das Buch fällt mir aus der Hand, ins Wasser unter mir. Ich wehre mich und schubse zurück. Es ist kein ernsthafter Kampf, ich spüre, dass es nur ein Spaß ist. Ich pariere Georgs nächsten Angriff und nutze den Schwung, um ihn mit einem genau platzierten Stoß vom Ast zu schieben. Er rudert noch einige Sekunden mit den Armen und stürzt in die Tiefe – irgendwie bekommt er jedoch meinen Fuß zu fassen und ich rutsche ab. Mit einem Platscher lande ich im Wasser. Ich tauche neben ihm auf. Er lächelt.

»Ich heiße Georg.«

»Linda.«

»Stimmt was nicht?«

Wie aus einem Sekundenschlaf kam ich zu mir. Ich, Alma, saß wieder neben Georg auf dem Ast. Wieder verspürte ich eine leichte Übelkeit.

»Ich muss jetzt gehen.«

»Aber du bist doch gerade erst gekommen.«

Ohne eine Antwort kletterte ich vom Baum und lief auf den Wald zu.

»Aber du kommst doch morgen mit, oder?«, rief Georg mir hinterher.

»Ja«, brachte ich noch heraus, dann betrat ich den Wald. Keine der Visionen oder wie auch immer man es nennen wollte, war so intensiv gewesen wie diese. Lindas Wille wuchs. Was hatte ich Peter heute Morgen an den Kopf geworfen? Warum war ich heute Abend zum Weiher gegangen? Und wieso würde ich morgen auf die Hütte mitgehen? Denn obwohl ich es nicht wollte, wusste ich, dass ich es tun würde. Ich kannte Georg und seine Freunde doch überhaupt nicht. Wie lange würde es dauern, bis Linda mich völlig kontrollierte? Wie konnte ich mir überhaupt noch sicher sein, dass meine Entscheidungen wirklich meine eigenen waren? Ich musste alles tun, um Linda loszuwerden!

Mir ging das Märchen wieder durch den Kopf, das ich im Internet gefunden hatte. Eine rumänische Sage. War Alexandrescu nicht auch ein rumänischer Name? Es konnte kein Zufall sein, dass dieses Märchen von einem toten Mädchen handelte, das mithilfe von Glühwürmchen von den Toten zurückkehrte. Die Tochter des Müllers war in der Geschichte zurückgekommen, um ihrem Vater zu verraten, wer sie getötet hatte, woraufhin er ihren Tod rächen konnte. Vielleicht verlangte Linda dasselbe von mir? Vielleicht wollte sie, dass ich ihren Mörder fand und ihren Tod rächte? Aber das war doch nicht möglich. Diese Geschichte war doch nichts als ein Volksmärchen. Wenn dieses Märchen jedoch, wie so viele Geschichten, einen wahren Kern hatte? Wenn ich all das für wahr hielt, was mir in den letzten Tagen passiert war, war es dann so abwegig, an ein Märchen zu glauben?

»Alma.«

Erschrocken blickte ich auf.

»Es ist eine Sensation!«

Gabor stand vor mir. In der Hand hielt er seinen selbst gebauten Apparat.

»Der Käfer, den du mir gezeigt hast, den dürfte es eigentlich gar nicht geben.«

Seine Augen funkelten verzückt.

»Du hast mich erschreckt«, sagte ich. Doch er hörte mich gar nicht. Er begann, gestikulierend zu erzählen:

»Es ist eine neue Spezies, aber nicht nur wegen der äußerlichen Merkmale, sie muss auch eine ganz andere Bevölkerungsstruktur aufweisen.«

Er war so aufgeregt, dass er die Worte gar nicht schnell genug aussprechen konnte. Kleine Schaumkronen bildeten sich in seinen Mundwinkeln.

»Das Exemplar, das du mir gezeigt hast, besaß keine Fortpflanzungsorgane. Es war eine Art Arbeiter, was bei Käfern nicht üblich ist. Es muss also irgendwo ein Nest geben, ähnlich wie ein Ameisenhaufen oder Bienenstock.«

Ich horchte auf.

»Und wie pflanzen sich die Käfer fort, wenn sie keine Organe dafür besitzen?«

Als er mir antwortete, strahlte sein Gesicht, als wäre er frisch verliebt.

»Die Königin. In dem Nest sitzt eine Königin.«

Ich wusste nicht genau warum, aber bei dem Wort *Königin* stellten sich meine Nackenhaare auf.

»Und wie willst du das Nest finden?«

»Hiermit.«

Er hielt seinen Apparat hoch.

»Ich muss nur noch das Schallmuster finden, auf das die Leuchtkäfer reagieren, und dann kann ich sie aufscheuchen und zu ihrem Nest verfolgen. Aber dazu brauche ich ein lebendes Exemplar.«

»Also, gute Nacht dann«, sagte ich und wollte gerade weiterlaufen, als Gabor mich zurückhielt.

»Ich habe schon das gesamte Moor abgesucht, aber kein einziges Glühwürmchen gefunden. Du hast nicht zufällig welche gesehen?«

»Versuch es mal bei dem Bootshaus«, sagte ich mit gespielter Nachdenklichkeit. Wenn Gabor etwas über die Käfer herausfand, konnte er mir vielleicht helfen, sie loszuwerden.

Er nickte eifrig und lief voller Tatendrang an mir vorbei.

»Aber sei vorsichtig!«, rief ich ihm nach. »Ich würde es an deiner Stelle nicht betreten. Die Balken sind morsch.«

Doch die Dunkelheit hatte ihn bereits verschluckt. Mein Gewissen meldete sich. Konnte ich ihn einfach so ins Bootshaus schicken? Was wäre, wenn Linda dort auf ihn wartete? Wenn die Leuchtkäfer ihn angriffen? Aber irgendwie bezweifelte ich das. Ich wusste, wo Linda war. Ich spürte sie in mir.

Ich erreichte den Hof und schlich die Treppe hinauf. Ich kam mir blöd vor, aber ich wollte Peter nicht über den Weg laufen. Als ich am Zimmer meiner Mutter vorbeikam, hob ich die

Hand, um zu klopfen, aber da fiel mir ein, dass sie ja abgereist war. Auf einmal kam ich mir sehr einsam vor. Ich ging ins Bad und legte mich dann ins Bett. Ich hatte Angst einzuschlafen, denn ich wusste, dass das Bootshaus in meinen Träumen auf mich wartete.

7

Ich gehe den Kiesweg entlang in Richtung Geißberger Hof. An einer Steigung sitzt etwas auf dem Weg. Ich kann es zuerst nicht genau erkennen, es ist ein amorpher Schatten, der im fahlen Zwielicht kauert. Erst als er ein tiefes Grollen von sich gibt, bleibe ich stehen. Das Wesen hebt seinen Kopf. Ich weiche zurück. Es ist Sindbad. Der sanftmütige Hund hat sich in eine Bestie verwandelt. Sein zotteliges Fell ist an einigen Stellen kahl und graue, schuppige Haut scheint durch. Sein Kopf ist fast komplett unbehaart, deutlich zeichnen sich die Wölbungen seines Schädels ab. Geifer trieft aus seinem Maul und aus seiner Kehle dringt ein Ton, den kein lebendiges Wesen je erzeugen könnte. Ein Knurren und Keuchen, dessen Echo von den Bäumen widerhallt.

Ich drehe mich um und laufe los. Sindbad springt auf. Seine Krallen schaben auf dem Kies. Ich laufe, so schnell ich kann. Sein hechelnder Atem kommt näher. Ich bekomme Seitenstechen. Das Kratzen von Sindbads Pfoten ist direkt hinter mir. Ich spüre, wie jemand meine Hand ergreift. Es ist Roberto. Er führt mich durch das Schilf am Ufer des Weihers. Sindbads keuchender Atem sitzt uns im Nacken. Vor uns taucht das Bootshaus zwischen den Halmen auf. Wir laufen hinein und ich schlage die Tür hinter uns zu. Mit einem lauten Krachen stößt etwas von außen gegen die Holzplanken. Ich mache zwei Schritte zurück. Ein Scharren erklingt. Dann herrscht Stille.

Als ich mich umdrehe, ist Roberto verschwunden.

Ich bin im Bootshaus.

In der Hand halte ich einen Brief. Die Schrift ist verschwommen, doch dieses Mal kann ich die Unterschrift lesen: Dein Georg.

Die Tür öffnet sich. Die schwarze Gestalt betritt das Bootshaus. Sie hat Georgs Gesicht. Plötzlich verändert es sich, die Haut dehnt sich an einigen Stellen und zieht sich an anderen zusammen. Jetzt sieht mich Brasse, der Förster, an. Wieder wechseln die Gesichtszüge. Vor mir steht Marco. Dann Lukas. Dann Oliver. Als Letztes Peter. Er streckt die Hände aus und greift nach meinem Hals. Sein Gesicht verschwimmt und wird zu einer konturlosen Maske. Seine Daumen pressen sich gegen meine Luftröhre. Ich höre eine tonlose Stimme so dicht an meinem Ohr, dass ich die Feuchtigkeit ihres Atems spüre.

»Grüß mir die Fische.«

Ich verliere das Bewusstsein.

Vor meinen Augen tanzten Sterne. Allmählich lichteten sie sich. Ich wusste sofort, dass etwas nicht stimmte. Etwas bohrte sich in meinen Rücken und ich spürte einen Schmerz im Gesicht. Es war kalt. Ich setzte mich auf – und fand mich mitten im Wald zwischen den Bäumen wieder. Ich hatte im Freien geschlafen.

Mit einer Hand strich ich mir über die rechte Wange. Blut klebte an meinen Fingerspitzen. Ich fühlte, wie etwas an meinem Arm hochkrabbelte, und wischte es mit einer hektischen Handbewegung weg. Auf einmal bildete ich mir ein, überall am Körper kleine Beinchen und Fühler zu spüren. Ich sprang auf. Panisch schüttelte ich mich, um die vermeintlichen Insekten loszuwerden. Schließlich beruhigte ich mich wieder. Ich musste im Traum aus dem Bett gestiegen und in den Wald gelaufen sein. Ich war nur mit meiner Unterwäsche bekleidet. Blätter und Zweige hingen in meinem Haar und meine Haut war mit kleinen Schürfungen übersät. Hilflosigkeit brach unvermittelt über mich hinein. Ich vergrub meinen Kopf in meinen Armen, setzte mich auf einen Baumstumpf und weinte. Für einen Moment überließ ich mich völlig meiner Verzweiflung. Dann spürte ich, wie die warme Übelkeit in mir hochstieg, und konnte mich gerade noch an einem Baum abstützen, bevor ich mich übergab. Die zuckenden Glühwürmchen, die aus mir herauskamen und auf den Waldboden fielen, trieben mir erneut die Tränen in die Augen. Linda wurde immer stärker. Ich hatte nicht mehr viel Zeit.

Stolpernd und immer noch schluchzend lief ich los. Aus einem unerfindlichen Grund kam mir in diesem Moment das blöde Lied vom Jahrmarkt in den Sinn und ich begann, es leise vor mich hinzusingen:

»Deine Liebe brennt wie Feuer,
Doch dein Herz ist kalt wie Schnee.
Warum willst du mir nicht glauben,
Dass ich für dich durch die Hölle geh?
Durch die Hölle geh?«

Ich wusste nicht, wie tief ich in den Wald hineingelaufen war und in welcher Richtung der Geißberger Hof lag. Die Vögel sangen und die Luft war klar. Es herrschte morgendliches Zwielicht. Ein rosafarbener Schleier hing noch am Himmel. Langsam schlich ich vorwärts, immer darauf achtend, wohin ich meine nackten Füße setzte. Ein grünes Schimmern zwischen den Bäumen verriet mir, dass der Wald ein paar Meter vor mir an eine Wiese grenzte.

Ich trat ins Freie und fand mich an einem idyllischen Berghang wieder, auf dem, von einer niedrigen Mauer umschlossen, eine kleine, verwitterte Kapelle stand. Die weiße Wand des Gebäudes war mit Bibelszenen bemalt und aus einer Nische über dem Eingang blickte eine Marienfigur herab. Der Putz war an vielen Stellen abgeblättert, wodurch die alten Backsteine freigelegt wurden, aus denen das Gebäude errichtet war. An der

Frontseite, über der Eingangstür, stand in altdeutscher Schrift: Kapelle der hl. Theresa. Schwach regte sich eine Erinnerung, etwas, das ich gelesen oder gehört hatte.

Ich öffnete das schmiedeeiserne Tor, das in die Mauer eingelassen war, und lief hindurch. Innerhalb der Mauer standen in geordneten Reihen Grabsteine und Kreuze, einige waren mit frischen Blumen geschmückt, andere sahen verwahrlost aus, als hätte sich seit Jahren niemand mehr darum gekümmert.

Ich lief die schmalen Wege entlang und sah mir die Grabmale an. Als ich ein hölzernes Kreuz nahe der Friedhofsmauer betrachtete, fiel es mir schlagartig wieder ein. Es war ein Satz aus Norberts Artikel: ›Linda Alexandrescu wird morgen auf dem Friedhof der Theresenkapelle beigesetzt.‹

Auf dem Kreuz stand Lindas Name und darunter ihr Geburts- und ihr Todestag: 4.10.1991–13.8.2009.

Ich kniete mich vor ihr Grab und legte meine Hand auf die Erde. Sie begann, leicht zu zittern. Ob das eine Folge der Erschöpfung war oder einen anderen Grund hatte, konnte ich nicht sagen. Hier lag Linda. Doch Ruhe hatte sie nicht gefunden.

Ich stand auf und verließ den Friedhof. Ein schmaler Weg führte vom Tor den Berghang hinab und schlängelte sich neben einem Bach durch die Bäume. Ich folgte ihm und fand mich bald am Westufer des Weihers wieder. Sofort beschleunigte ich meine Schritte und lief über die Liegewiese zu dem Pfad, der zum Hof der Geißbergers führte. Ich atmete erleichtert auf, als ich am Bauernhaus ankam, ohne jemandem begegnet zu sein. Leise schlich ich die Treppe hinauf und schnurstracks ins Bad, wo ich mich im Spiegel betrachtete. Der Kratzer auf meiner Wange war nicht tief, doch er ging haarscharf an meinem Auge vorbei. Ich zog mich aus und drehte die Dusche so heiß, dass ich es gerade noch aushielt. Dann stellte ich mich unter den

Strahl und duschte so lange, bis die Haut an meinen Fingern Falten warf. Nachdem ich mich gründlich abgetrocknet hatte, legte ich mich unter die dicke Daunendecke in meinem Bett und versuchte, etwas Ordnung in das Durcheinander in meinem Kopf zu bringen.

Ich musste Lindas Mörder finden. Die Zeit lief mir davon. Wer wusste etwas darüber? Von wem konnte ich mehr erfahren? Drei Leute fielen mir ein: Norbert, der den Artikel geschrieben hatte; Georg, der Linda gekannt hatte, was nicht zuletzt seine Unterschrift auf dem Brief bewies, den ich in meiner Vision gesehen hatte; und Lindas Vater. Ich beschloss, auf jeden Fall mit Georg und den anderen auf die Hütte zu gehen. Ich war mir sicher, dass sie mehr wussten. Dann würde ich Norbert einen weiteren Besuch abstatten. Er hatte sich schließlich intensiv mit dem Fall beschäftigt. Diese Entscheidung beruhigte mich so weit, dass ich in einen traumlosen Schlaf fiel.

Es war elf Uhr, als ich erwachte. Ich setzte mich auf die Bettkante, bis mein Blut einigermaßen zu zirkulieren begann. Dann zog ich mich an. Plötzlich hielt ich erschrocken inne. Die Jungs wollten doch um halb zwölf vom Weiher aus starten! Überstürzt packte ich das Unentbehrlichste in einen Rucksack und lief nach unten. Doch bevor ich das Haus verlassen konnte, wäre ich fast mit Gerda zusammengestoßen, die gerade von draußen hereinkam.

»Alma! Alles in Ordnung mit dir? Wie siehst du denn aus?«

Sie hatte den Kratzer auf meiner Wange entdeckt.

»Ach, das ist nichts.«

»Das sehe ich mir mal an. Setz dich in die Küche.«

Ihr Ton machte deutlich, dass sie keine Widerrede duldete. Ich setzte mich auf die Bank neben dem Kachelofen und kurz darauf kam Gerda mit einem Erste-Hilfe-Koffer herein. Sie nahm Desinfektionsmittel und einen Wattebausch heraus und säuberte die Wunde.

»Gefällt's dir bei uns?«, fragte sie, während sie mich verarztete.

»Ja, sehr«, antwortete ich.

»Und Peter? Kommt ihr gut miteinander aus?«

Mir behagte die Richtung gar nicht, in die dieses Gespräch führte.

»Mhm. Wir waren zusammen auf dem Jahrmarkt.«

Ich sah Gerda an, dass diese Antwort sie nicht zufriedenstellte, aber sie ließ das Thema ruhen.

»Hör mal, ich weiß, es geht mich nichts an, aber ich habe gemerkt, dass du öfter über Nacht wegbleibst. Ich weiß nicht, wie deine Mutter das sieht, aber ich mache mir ein wenig Sorgen.«

Ich setzte mein unschuldigstes Lächeln auf.

»Da musst du dir keine Sorgen machen, Gerda. Ich finde es nur abends am Weiher so romantisch, dass ich manchmal die Zeit völlig vergesse.«

Gerda klebte ein kleines Pflaster auf meine Wunde.

»Danke für die medizinische Versorgung.«

Ich stand auf und verließ die Küche.

»Pass auf dich auf!«, rief Gerda mir hinterher.

In rekordverdächtiger Zeit legte ich den Weg zum Weiher zurück. Trotzdem war es schon zehn vor zwölf, als ich aus dem Wald auf die Liegewiese trat. Georg und die anderen saßen in der Nähe des Ufers im Gras. Marco deutete auf mich und sagte etwas, sodass die anderen sich umdrehten. Vier Augenpaare musterten mich, als ich mich näherte.

»Tut mir leid, dass ich zu spät bin«, entschuldigte ich mich und schob hinterher: »Ich musste noch was erledigen.«

»Dann können wir ja endlich los«, sagte Marco.

Sie zogen ihre Rucksäcke auf und wir gingen los, am Westufer entlang. Dann zweigte der Pfad nach links ab und stieg an. Vor nicht einmal sieben Stunden war ich genau diesen Weg halb nackt heruntergelaufen. Bei dem Gedanken, dass ich mit ein bisschen Pech den Jungs womöglich direkt in die Arme gelaufen wäre, wurde mir ganz heiß. Oliver sagte etwas zu mir und ich schreckte aus meinen Gedanken.

»Wie bitte?«

»Das war ein nettes Grillfest neulich.«

Er hatte eine hohe Fistelstimme, was bei seinen zwei Metern Körpergröße äußerst seltsam klang.

»Fand ich auch.«

»Wisst ihr inzwischen, was mit Peters Hund passiert ist? Ich hab ihn echt gemocht.«

»Ich auch.«

Ich beschloss, dass es an der Zeit war, ein paar Details über diesen Brasse in Erfahrung zu bringen.

»Aber euer Kumpel nicht so sehr.«

Oliver sah mich verständnislos an.

»Na, dieser Brasse, der Förster.«

»Ach so, der. Ich glaube, der hat weniger ein Problem mit dem Hund als mit dem Besitzer.«

»Mit Johann Geißberger?«

»Nein. Mit seinem Sohn.«

Ich horchte auf.

»Was denn für ein Problem?«

»Weißt du, Brasse hat ein Herz für … na ja, schwierige Fälle. Und Peter … Ich weiß, du magst ihn, aber er hält sich schon für was Besseres.«

»Wie kommst du denn *darauf*?«

Oliver blickte zum Himmel, als würde dort die Antwort stehen.

»Er bildet sich ganz schön was drauf ein, dass er studiert. Hier ist ihm nichts gut genug. Für ihn sind wir doch alle zurückgebliebene Trottel.«

Mir gegenüber hatte Peter sein Studium nicht mal erwähnt, außer als ich die Bücher in seinem Zimmer entdeckt hatte. Ich hatte den Verdacht, dass Olivers Aussage mehr mit seiner eigenen Unsicherheit als mit Peters vermeintlicher Arroganz zu tun hatte. Soweit ich es einschätzen konnte, fühlte Peter sich hier wohl, eben *weil* die Menschen so waren, wie sie waren. Ich hatte beim Grillfest beobachtet, wie er auf die Gäste zugegangen war und mit ihnen geplaudert hatte. Er liebte diesen Zusammenhalt und nichts würde ihm ferner liegen, als diese Menschen als Trottel zu bezeichnen.

»Ich glaube, du schätzt ihn falsch ein.«

»Jedenfalls wollte Brasse ihn in den Bund aufnehmen. Er ist auch zweimal mitgekommen, aber dann war er sich plötzlich zu fein dafür.«

»Was für ein Bund?«

»Wir sind Kameraden, wir vier. Kameradschaft geht über Freundschaft hinaus. Wir würden alles füreinander tun.«

»Und was ist mit Brasse?«

Wieder suchte Oliver im wolkenlosen Himmel nach der Antwort.

»Er hat uns zusammengeschweißt. Er ist so eine Art Mentor für uns, besonders für mich und Marco. Man kann sogar sagen, er hat uns gerettet.«

Ich versuchte, möglichst desinteressiert zu klingen, obwohl genau das Gegenteil der Fall war.

»Wovor gerettet?«

»Vor uns selbst. Marco ist früher bei der kleinsten Kleinigkeit total ausgetickt. Ständig hat er sich geprügelt. Er wurde auch schon drei-, viermal angezeigt.«

Ich musterte Marco, der mit Lukas und Georg vorneweg ging. Bei seinem ständig geröteten Gesicht konnte ich mir gut vorstellen, dass er regelmäßig die Beherrschung verlor.

»Und was ist dein dunkles Geheimnis?«

Oliver sah verlegen auf den Boden.

»Sagen wir mal so: Ich hab früher gerne Feuerchen gemacht. Größere und kleinere. Dann ist eines Tages das Haus meiner Eltern abgebrannt. Ich war natürlich schuld, aber dann hat sich Brasse um mich gekümmert und jetzt habe ich es ganz gut unter Kontrolle.«

»Aha«, sagte ich in einem möglichst normalen Tonfall, obwohl mir auf einmal unbehaglich zumute war. War es wirklich so eine gute Idee, die Nacht mit einem Choleriker und einem Pyromanen unter einem Dach zu verbringen? Wenn es mich der Wahrheit näher brachte, vielleicht.

Oliver fragte mich jetzt seinerseits aus. Ich erzählte ihm von Roberto und meinen Eltern, hielt mich aber, im Gegensatz zu dem Tag, an dem ich mit Peter in der Eisdiele gesessen hatte, zurück. Oliver murmelte etwas von schlechten Autofahrern und versank dann in Schweigen.

Je höher wir stiegen, desto majestätischer wurde die Landschaft. Weit unter uns lag das Dorf und ich konnte den Jahrmarkt mit seinen Buden und Zelten erkennen. Auf einer Wiese machten wir Pause und packten unseren Proviant aus. Ich saß zwischen Marco und Georg. Da alle entspannt die Sonne genossen, hielt ich es für einen guten Zeitpunkt, um etwas nachzubohren.

»Kommt der Jahrmarkt eigentlich jeden Sommer ins Dorf?«, fragte ich.

»Klar«, antwortete Marco und fügte herablassend hinzu: »Es heißt ja schließlich *Jahr*markt.«

Wenn er mich für naiv hielt, konnte mir das nur recht sein.

»Und wie ist das mit den Schaustellern? Kommt ihr mit denen gut aus?«

»Mit manchen mehr, mit manchen weniger«, sagte Marco und sah grinsend zu Georg hinüber. Dieser lächelte gekünstelt und versuchte, Marco mit einem Blick zum Schweigen zu bringen.

»Wie meinst du das?«, hakte ich nach und bemühte mich, meine gespielte Naivität nicht zu übertreiben.

»Das soll dir Georg lieber selbst erzählen.«

Ich drehte mich zu Georg um und sah ihn auffordernd an.

»Ach, das war alles halb so wild. Da war letztes Jahr ein Mädchen, das ich ganz süß fand.«

»Ganz süß?«, rief Marco. »Das ist ja wohl die Untertreibung des Jahres! Die beiden waren unzertrennlich.«

Ich versuchte, eifersüchtig zu wirken.

»Und, seid ihr immer noch zusammen?«

»Nein«, antwortete Georg. »Sie ist dieses Jahr nicht wiedergekommen.«

Dieser Satz war ihm sichtlich schwergefallen. Die Runde schwieg betreten.

»Das hatte sowieso keine Zukunft«, sagte Marco schließlich. »Mal im Ernst, was wolltest du von so einer?«

»Was meinst du mit *so einer*?« Georg klang gereizt.

»Na, einer vom Jahrmarkt. Das sind doch halbe Zigeuner.«

Georg sprang auf.

»Jetzt pass mal auf …!«

»Immer mit der Ruhe.«

Lukas, der bis jetzt kein Wort gesagt hatte, stellte sich zwischen die beiden.

»Marco, lass mal deine rechten Sprüche, und Georg, du setzt dich wieder hin. Das Ganze ist ein Jahr her. Kein Grund, aus einer Mücke einen Elefanten zu machen.«

Lukas schien eine gewisse Autorität in der Gruppe zu besitzen, denn sofort beruhigten sich die beiden Streithähne. Wir ruhten uns noch eine Weile aus, bevor wir unseren Weg fortsetzten. Da ich mit Lukas noch nicht geredet hatte, lief ich neben ihm her und bald waren wir in ein Gespräch vertieft. Wir fielen ein wenig hinter den anderen zurück und als sie außer Hörweite waren, senkte Lukas seine Stimme:

»Du weißt, was mit dem Mädchen passiert ist, nicht wahr?«

Ich nickte. »Sie ist ertrunken«, fügte ich hinzu.

»Es ist ein sehr schmerzhaftes Thema für Georg. Er hat sie sehr geliebt, glaube ich.«

Auf einmal ergriff er meinen Arm.

»Du hast Ähnlichkeit mit ihr, weißt du das? Sie hatte auch grüne Augen und dieselbe Haarfarbe wie du.«

»Ich habe nur ein Schwarz-Weiß-Foto gesehen.«

»Tu mir einen Gefallen.«

Ich sah Lukas fragend an.

»Verlieb dich nicht in Georg. Ich sehe, wie er leidet, wie sehr du ihn an sie erinnerst. Er ist gerade erst darüber weg.«

»Ich kenne ihn doch gar nicht.«

»Ich habe gesehen, wie du ihn ansiehst. Und er dich.«

Ich zog meinen Arm aus seinem Griff.

»Keine Panik. Ich habe mich ganz gut unter Kontrolle.«

Lukas schien Georg sehr zu mögen. Und Marco? Hatten sich seine Aggressionen auch gegen Linda gerichtet?

Als die Sonne die Berggipfel, die nun zum Greifen nah schienen, blutrot färbte, erreichten wir die Hütte. Sie war aus dunklem Holz gebaut und die Dachschindeln waren mit Steinen beschwert. Wir setzten uns vor dem Haus auf eine Bank und zogen erst mal Schuhe und Socken aus. Ein Bach schlängelte sich durch die Wiese neben der Hütte. Ich lief barfuß durchs Gras und stellte mich mit meinen geschundenen Fußsohlen ins Wasser. Die Kälte war fast schmerzhaft, doch ich hielt es aus. Bald wich das dumpfe Ziehen einem angenehm erfrischenden Gefühl.

Der Wirt, ein grauhaariger Mann Ende vierzig, dessen Haut aussah wie gegerbtes Leder, begrüßte uns, als wir die Stube betraten. Er zeigte uns die Schlafräume. Es gab zwei Zimmer mit je vier Betten. Da wir die einzigen Gäste waren, zog ich es vor, allein zu schlafen, und richtete mich in einem der Zimmer ein, während die Jungs das andere bezogen. Aus dem kleinen Fenster neben meinem Bett konnte ich das gesamte Tal und die Bergsilhouette überblicken, hinter der gerade die Sonne unterging. Ich machte mich ein wenig frisch und ging dann nach unten, wo die anderen schon an einem großen Holztisch saßen. Es gab ein scharfes Gulasch und dazu ein dunkles Bier, das beinahe die Konsistenz von Brot hatte. Wir hatten alle einen Mordshunger und langten kräftig zu. Nach dem Essen setzten wir uns noch vor die Hütte und tranken ein letztes Bier. Mir fielen schon die Augen zu und den anderen erging es ähnlich, sodass wir uns bald darauf eine gute Nacht wünschten und zu Bett gingen. Ich schlurfte benommen die unebenen Stufen hinauf und ging in mein Zimmer. Ich schaffte es gerade noch, meine Hose auszuziehen, bevor ich in mein Daunenbett fiel und wegdriftete.

Irgendetwas hatte meinen Schlaf gestört und ich öffnete die Augen. Ich spürte etwas neben mir auf der Matratze. Ich schreckte hoch. Eine Gestalt saß auf meinem Bett und sah mich an. Sie streckte die Hand nach mir aus. Panisch suchte ich mit meiner Hand nach dem Schalter der Nachttischlampe. Ich erwischte ihn und machte das Licht an.

Es war Georg.

»Ich kann nicht schlafen«, sagte er benommen.

Ich versuchte, meinen Herzschlag unter Kontrolle zu bringen.

»Du hast mich zu Tode erschreckt!«, schrie ich.

»Das wollte ich nicht. Es ist nur … Ich muss ständig an dich denken.«

Er griff nach meiner Hand.

Irgendetwas stimmte nicht. Warum leuchtete die Nachttischlampe grün? Warum fühlten sich Georgs Finger kalt und glitschig an?

Ich sah nach unten. Die Haut auf Georgs Hand war aufgequollen. Einige der Fingernägel fehlten. Das war nicht die Hand eines Mannes. Jetzt hörte ich ein Wispern in meinen Ohren. Ich sah zur Nachttischlampe. Dort, wo der Lampenschirm gewesen war, schwebte ein Schwarm pulsierender Glühwürmchen. Ich fuhr herum und blickte in das Gesicht von Linda Alexandrescus Leiche.

»Du gehst mir nicht mehr aus dem Kopf«, säuselte sie.

Ich sprang auf. Mit einem ohrenbetäubenden Schrei riss ich die Zimmertür auf. Ich nahm drei Stufen auf einmal, lief durch die Stube und zur Vordertür hinaus.

Doch da draußen war keine Alm. *Ich stehe …*

8 *… auf dem mir nur allzu bekannten Bootsteg. Schritte nähern sich von hinten. Ich wage nicht, mich umzudrehen. Ich ergebe mich meinem Schicksal, als die Hände sich um meine Kehle schließen und die Stimme, eine Stimme, die mir irgendwie bekannt vorkommt, ruft:*

»Grüß mir die Fische.«

Mir wird schwarz vor Augen. Ich fühle, wie das Leben aus meinem Körper weicht. Ich falle ins schwarze Wasser und …

… öffnete die Augen. Und wieder schrie ich. Vor mir gähnte ein Abgrund, ein realer Abgrund. Ich stand, barfuß, nur mit Unterwäsche bekleidet, an einer Felskante. Vor mir ging es Hunderte Meter steil bergab. Meine Zehen schwebten schon in der Luft. Das Tal breitete sich in der klaren Morgenluft in seiner ganzen Schönheit vor mir aus und mittendrin, wie ein Auge, das mich anstarrte, der schwarze Spiegel des Weihers. In diesem Moment kam er mir wie ein lebendiges Wesen vor, ein böser Geist, der mich verhöhnte. Ein spitzer Stein bohrte sich in meine Fußsohle. Ich verlagerte das Gewicht und verlor das Gleichgewicht. Ich wäre in die Tiefe gestürzt, hätte mich nicht jemand am Arm gepackt.

»Alma! Was tust du?«

Ich drehte mich um. Alle Farbe war aus Georgs Gesicht gewichen. Ich war sprachlos vor Schock. Ich heulte los und rannte an ihm vorbei ins Haus.

Der Rückweg verlief deutlich ruhiger als der Aufstieg.

Natürlich hatten alle wissen wollen, was mit mir los war, und ich hatte vorgegeben, dass ich zum Schlafwandeln neigte.

Da wir gleich nach dem Frühstück losgegangen waren, erreichten wir den Weiher am frühen Nachmittag. Am Waldrand, nahe des Geißberger Hofs, verabschiedete ich mich von den anderen, die mich immer noch verstohlen ansahen. Peter saß im Schatten der Scheune und musterte mich missbilligend. Ich bemühte mich, ihn zu ignorieren, und ging auf mein Zimmer.

Da der halbe Tag noch vor mir lag, beschloss ich, noch mal mit Norbert zu sprechen. Ich wollte das Schicksal nicht ein weiteres Mal herausfordern und sah mich im Dorf nach einer Bushaltestelle um. Ein Blick auf den von der Sonne ausgeblichenen Fahrplan genügte, um festzustellen, dass ich den Bus, der nur zwei Mal täglich fuhr, um fünf Minuten verpasst hatte. Doch bevor ich mich richtig ärgern konnte, entdeckte ich auf der gegenüberliegenden Straßenseite einen Laden, vor dem einige alte Fahrräder angekettet waren. Kurz darauf trat ich in die Pedale eines blau lackierten Damenrads, das mir, gegen eine lächerlich geringe Summe, für den Rest des Urlaubs gehörte.

Die Fahrt war angenehm, der Wind strich mir durchs Haar und die sonnenverwöhnte Landschaft zog an mir vorüber. Als ich im Nachbardorf ankam, stellte ich mein Rad vor dem Redaktionsgebäude ab. Ich lief die Treppen hinauf und betrat das Vorzimmer. Das ausgestorbene Büro vom letzten Mal hatte sich in einen menschlichen Ameisenhaufen verwandelt. Einige Redakteure liefen mit Papierbündeln durch die Gänge, andere hatten sich Telefone zwischen Schulter und Ohrmuschel geklemmt und durchsuchten Aktenschränke und aus einzelnen Türen drangen Fetzen aufgeregter Diskussionen. Ich trat an den Schreibtisch der Sekretärin heran und räusperte mich.

»Entschuldigen Sie …«

Die Frau, die Mitte vierzig war und ihre Haare dunkelrot gefärbt hatte, sah auf, ohne das Telefongespräch zu unterbrechen, das sie gerade führte.

»Ich möchte gerne zu Herrn Lange.«

Die Frau nickte, tauschte noch einige Sätze und eine Abschiedsfloskel mit ihrem Gesprächspartner, tippte mit dem Finger auf die Taste, die die Leitung unterbrach, und wählte eine Kurzwahlnummer. Ich hörte undeutlich eine Stimme aus dem Telefonhörer.

»Ja, Herr Lange, hier ist eine Frau …«

Sie sah mich fragend an.

»Córdoba-Kirschstein«, sagte ich.

»Córdoba-Kirschstein für Sie … aha … vielen Dank.«

Sie legte den Hörer auf. Sobald er auf der Gabel lag, klingelte es erneut.

»Herr Lange hat noch eine Besprechung. Er hätte in einer Stunde Zeit für Sie. Wenn Sie dann wiederkommen wollen?«

Ich nickte und ging.

Eine Stunde später, nachdem ich das Dorf ein wenig mit meinem Rad erkundet hatte, lief ich die Treppen zur Redaktion erneut hinauf. Die Hektik hatte sich ein wenig gelegt und das Stimmengewirr, das vorher die Räume erfüllt hatte, war zu einem leisen Murmeln zusammengeschmolzen.

Die Sekretärin zeigte mir den Weg. Wir kamen an dem Großraumbüro vorbei, wo ich Norbert bei meinem letzten Besuch angetroffen hatte, dann erreichten wir eine Tür, an der Norberts Name stand. Ich trat ein.

»Alma, was führt dich hierher?«

Er war gerade dabei, eine große Topfpflanze zu gießen, für die jede Hilfe zu spät kam, wovon die mehrheitlich gelben Blätter zeugten. An den Wänden hingen gerahmte Schwarz-Weiß-Fotos, in aller Welt aufgenommen. Es waren Schnappschüsse, doch jeder einzelne war auf seine Art faszinierend. Die Rahmen hingen schief und waren von unterschiedlicher Breite, Höhe und Beschaffenheit. Ein Bild faszinierte mich besonders. Es zeigte einen kleinen, lateinamerikanisch aussehenden Jungen, der einen alten Fußball unter den Arm geklemmt hatte. Er grinste frech und zeigte dabei eine große Zahnlücke. Erst beim zweiten Hinsehen wurde mir klar, warum mein Blick immer wieder zu diesem Foto wanderte. Die Pose des Jungen erinnerte mich an Roberto, wie ich ihn in meinem Traum gesehen hatte und damals auf dem Sprungturm.

»Es geht um den Artikel über das tote Mädchen, den du geschrieben hast. Ich hätte noch einige Fragen.«

Norbert ging zur Tür und zog sie zu.

»Setz dich.«

Er deutete auf den Stuhl, der vor seinem Schreibtisch stand. Ich nahm Platz. Norbert ließ sich in seinem abgewetzten Bürostuhl nieder und lehnte sich zurück. Er legte seine Fersen auf der Schreibtischplatte ab, stützte seinen Kopf mit seiner linken Faust und senkte den Blick ein wenig, als wolle er seine Konzentration nicht durch Blickkontakt schmälern. Ich druckste herum. Wie sollte ich anfangen? Ich konnte wohl schlecht sagen, dass das Mädchen von mir Besitz ergriffen hatte und wollte, dass ich seinen Mörder finde.

»Das Mädchen, das gestorben ist, Linda, was weißt du über sie?«

»Hmm, sie war siebzehn Jahre alt, rumänischer Abstammung, Vater Schausteller, Mutter verstorben. Das ist alles, woran ich mich auf die Schnelle erinnere. Aber der Fall liegt ja auch schon ein Jahr zurück.«

»Dein Artikel klang so, als würdest du nicht an die Unfall-Theorie glauben. Wie kamst du darauf?«

Er sah mich mit einem durchdringenden Blick an.

»Ich habe nie gesagt, dass es kein Unfall war. Ich meine nur, die Polizei hat sich keine Mühe gegeben, den Fall zu untersuchen. Warum interessierst du dich so dafür?«

Ich suchte nach Worten.

»Es ist nur … der Hof, auf dem ich Ferien mache, liegt sehr nah an dem Weiher, wo es passiert ist.«

»Das sagtest du bereits beim letzten Mal. Aber das ist doch kein Grund, ein zweites Mal den weiten Weg hierher auf dich zu nehmen. Besonders während des Urlaubs.«

Ich konnte ihm wohl nichts vormachen.

»Du bist ein guter Reporter«, sagte ich, um Zeit zu gewinnen.

Norbert verzog keine Miene.

»Gute Reporter lassen sich nicht von Schmeicheleien ablenken.«

Wie viel konnte ich preisgeben, ohne mich lächerlich zu machen?

»Na gut, ich habe ein paar Jungs getroffen, die das Mädchen wahrscheinlich kannten. Und ich frage mich, ob sie vielleicht etwas mit ihrem Tod zu tun haben.«

»Ach, so ist das.«

Ich konnte in Norberts Blick lesen, dass er mir immer noch nicht ganz glaubte, aber für den Moment bohrte er nicht weiter.

»Ist dir damals noch irgendetwas Merkwürdiges aufgefallen?«, fragte ich.

»Nun ja, Linda war nur mit ihrer Unterwäsche bekleidet, aber man fand nie ihre restliche Kleidung. Wenn es ein Badeunfall gewesen wäre, hätte man sie doch irgendwo am Ufer finden müssen.«

Norbert kniff die Augen zu und dachte nach. Ruckartig öffnete er sie wieder und fixierte mich.

»Jetzt, wo du fragst, fällt mir wieder etwas ein. Es passierte während der Beerdigung. Oder, genauer gesagt, davor. Ich war dabei, als Einziger aus dem Dorf. Der Vater wollte Linda unbedingt auf dem Friedhof der Theresenkapelle beisetzen, obwohl die Schausteller nur im Sommer, während des Jahrmarkts, hier sind. Die Trauergäste bestanden ausschließlich aus Jahrmarktsleuten. Auch der Geistliche war einer von ihnen. Er sprach die Totenmesse auf Rumänisch. Als er geendet hatte, ging der Vater zum Sarg seiner toten Tochter. Der Deckel war offen und er küsste sie auf die Stirn. Dann griff er in seinen Anzug und holte etwas aus der Innentasche. Es war ein kleines Glasfläschchen. Er zog den Korken heraus und setzte das Gefäß an Lindas Lippen. Dann rief er etwas. Es waren keine Worte der Trauer oder des Abschieds, es hörte sich eher zornig an. Einige der Anwesenden bekreuzigten sich. Ich beobachtete, wie eine alte Frau in der ersten Reihe vor Schreck regelrecht zusammenzuckte. Wenn ich solche Dinge nicht für abergläubischen Quatsch hielte, würde ich sagen, es war ein Fluch, den er ausstieß.«

Ich hatte ihm gebannt zugehört.

»Weißt du, was in dem Fläschchen war?«

»Ich stand zu weit weg, um es zu erkennen. Aber ich habe das Fläschchen danach noch einmal gesehen.«

»Wo?«

»Im Wohnwagen von Lindas Vater. Ich habe ihn besucht, um ihm mein Beileid auszusprechen und ihm noch ein paar Fragen zu stellen. Er bot mir etwas zu trinken an und als er seinen Kühlschrank öffnete, sah ich das Fläschchen in der Innenseite der Tür stehen. Es hatte ein Etikett mit Schriftzeichen, doch ich konnte sie nicht richtig erkennen. Ich saß zu weit weg und habe das Fläschchen nur für einen kurzen Augenblick gesehen.«

Ich war so auf Norberts Geschichte konzentriert, dass ich erschrak, als plötzlich das Klingeln des Telefons durch das Zimmer hallte. Norbert hob ab.

»Lange … ja … ja … Ich kümmere mich sofort darum. Ich sorge dafür, dass die in die Puschen kommen.«

Er legte auf.

»Tut mir leid, Alma, ich muss jetzt noch ein bisschen was tun.«

Ich stand auf.

»Danke, dass du dir für mich Zeit genommen hast.«

Norbert winkte ab, zog eine verbeulte Visitenkarte aus seiner Schreibtischschublade und hielt sie mir hin.

»Hier, ruf an, wenn du noch Fragen hast.«

Ich steckte die Karte ein und lief zur Tür.

»Ach so, eine Sache noch.«

Ich drehte mich noch einmal um.

»Dieser Förster war auch nicht ganz koscher.«

»Brasse?«, fragte ich.

»Groß gewachsen, ungesunde Gesichtsfarbe, rote Augen?«

»Das ist er.«

»Der hat sich für meinen Geschmack ein bisschen zu sehr in die Polizeiarbeit eingemischt. Hat immer mit den Beamten die Köpfe zusammengesteckt.«

»Danke.«

Ich war schon fast zur Tür hinaus, als er mich noch einmal rief.

»Ach ja, und dieser Typ, der die Leiche entdeckt hat.«

»Was war mit ihm?«

»Er hat die Beamten von der Spurensicherung zur Weißglut getrieben. Hat nicht aufgehört, von Insektenbefall und Todeszeitpunkt zu faseln.«

Es gab nur einen, auf den diese Beschreibung passte.

»Danke!«

Ich verließ das Zimmer.

Zehn Minuten später fuhr ich auf meinem Rad durch die grüne Landschaft. Es wurde langsam dunkel. Der Fahrtwind war angenehm kühl. Gabor hatte also auch etwas damit zu tun. Irgendwie wunderte mich das nicht. Worauf ich viel neugieriger war, war der Inhalt dieses geheimnisvollen Fläschchens. Vielleicht war es noch im Kühlschrank des Wohnwagens? Ich musste es herausfinden.

Als ich das Dorf erreichte, fuhr ich direkt zum Jahrmarkt und stellte mein Rad an einer Straßenlaterne ab. Ich lief zwischen den Buden hindurch, bis ich den Schießstand entdeckte. Lindas Vater lud gerade ein Gewehr nach und reichte es einem kleinen Jungen, der es mit großen Augen entgegennahm. Ich lief weiter, zwischen den Schiffsschaukeln und dem Kinderkarussell hindurch, und befand mich plötzlich in der Welt hinter der Jahrmarktsfassade. Es schien, als hätte ich eine unsichtbare Grenze überschritten, die das bunte Treiben aussperrte. Die Wohnwagen sahen alt und trostlos aus. Weit und breit war niemand zu sehen. Ich lief zum ersten Anhänger. Auf einem kleinen Schild neben der Tür stand ein Name: Lubesky. Ich suchte weiter, ging von Wohnwagen zu Wohnwagen, bis ich das Namensschild »Alexandrescu« fand. Der Wohnwagen war hinter einem anderen geparkt, was mir gelegen kam, da er so vor Blicken geschützt war. Ich klopfte an die Tür.

»Hallo?«, rief ich zaghaft. Ich wartete eine ganze Minute, doch ich bekam keine Antwort. Vorsichtig spähte ich nach links und nach rechts, doch es war immer noch niemand zu sehen. Mein Herz schlug in einem dumpfen Rhythmus, als ich die Klinke hinunterdrückte. Es war nicht abgeschlossen. Langsam öffnete ich die Tür und lugte durch den Spalt ins Innere. Keiner zu sehen. Ich öffnete die Tür nur so weit, dass ich gerade hindurchschlüpfen konnte, und zog sie leise hinter mir zu.

Ich hatte den Wohnwagen am hinteren Ende betreten. Hier war der Schlafbereich. Ich sah mich nicht lange um, ich wollte so schnell wie möglich zum Kühlschrank. Vorsichtig schob ich mich zwischen den beiden Betten hindurch und gelangte in den

Wohnraum des Anhängers. Ein kleiner Tisch mit zwei Stühlen stand an der Wand, die Wohn- und Schlafbereich voneinander trennte. Auf der anderen Seite befand sich eine Küchenzeile mit zwei Herdplatten und einer Spüle. Und darunter entdeckte ich den Kühlschrank.

Ich warf noch einmal einen Blick aus dem Fenster und vergewisserte mich, dass sich niemand näherte, dann zog ich an dem altmodischen verchromten Griff und öffnete die Tür. Ein seltsamer Geruch schlug mir entgegen und dann fiel mein Blick auf die Ablage, die an der Innenseite der Tür angebracht war. Dort stand das Fläschchen. Ich nahm es in die Hand und betrachtete es.

Tief in meinem Innern hatte ich es geahnt. Es war nicht die Überraschung, die mich erschaudern ließ, es war die Art und Weise, mit der sich ein weiteres Puzzleteil in das grauenerregende Bild fügte, von dem ich ein Teil geworden war.

Das Fläschchen bestand aus Glas und war mit einem dicken Korken verschlossen, so wie Norbert es beschrieben hatte. Ein weißes Etikett klebte auf der Seite, doch es waren keine Schriftzeichen, die darauf zu erkennen waren, es waren drei Symbole, die intuitiv einen Sinn ergaben. Sie bestanden aus groben Strichen, die mit schwarzer Tinte gezeichnet worden waren. Das erste Zeichen war ein Auge, dessen Pupille zu einer einzelnen Träne zerfloss. Das zweite war ein Herz, in der Mitte zerbrochen, aus dem ein Tropfen Blut sickerte. Doch es war das dritte Symbol, das mir, zusammen mit dem widerlichen Inhalt der Flasche, kalte Angst einflößte. Es zeigte die Umrisse eines Käfers, der sechs Beinchen, zwei Fühler und ein Flügelpaar besaß. Wie bei einer Kinderzeichnung einer Glühbirne war der Unterleib des Insekts von kurzen Linien umgeben, die ein Leuchten andeuteten. Darunter stand ein einziges, handgeschriebenes Wort: Licurici. Im Innern des Fläschchens wand sich ein Knäuel blinder weißer Würmer, die ungefähr die Länge von Bambussprossen hatten. Ich erinnerte mich, dass Norbert erzählt hatte, wie Lindas Vater sich über seine Tochter gebeugt und das Fläschchen an ihre Lippen gesetzt hatte. Die Würmer mussten in den Mund der Leiche gekrochen sein und dort …

Eine Stimme von draußen. Ich sah aus dem Fenster. Er war es. Lindas Vater ging zwischen den Wohnwagen hindurch. Er war noch weit genug weg. Wenn ich mich beeilte, konnte ich es schaffen zu fliehen, bevor er mich entdeckte. Hastig stellte ich das Fläschchen zurück, schloss die Kühlschranktür und wollte gerade durch den Schlafraum nach draußen laufen, als ich erschrocken innehielt. Ich war nicht allein. Auf einem der beiden Betten lag ein kleines Mädchen und schlief. Ich hatte es beim Hereinkommen nicht gesehen, so sehr hatte ich mich auf den Kühlschrank konzentriert.

Mein Zögern hatte mich meinen entscheidenden Vorteil gekostet. Ich sah durch das Fenster, dass Lindas Vater den Wohnwagen fast erreicht hatte. Jetzt hob das Mädchen verschlafen den Kopf. Es blieb mir nur eine Wahl: Ich musste mich verstecken. Ohne lange zu überlegen, drehte ich um und kroch unter den Esstisch. Ich hoffte inständig, dass Lindas Vater seinen Blick nicht senken würde, denn dann konnte er mich nicht übersehen.

Die Tür wurde aufgerissen und ich hörte Schritte auf dem Plastikbelag des Bodens. Abrupt blieben sie stehen. Lindas Vater rief etwas mit verwunderter Stimme in einer Sprache, die wohl Rumänisch sein musste, und das Mädchen antwortete. Es klang müde. Ich hörte, wie Lindas Vater sie hochhob. Erleichterung machte sich in mir breit, als ich das Geräusch der Türklinke vernahm. Doch auf einmal verstummte es. Dann näherten sich die Schritte wieder. Ich versuchte, mich ganz klein zu machen. Mein Puls hämmerte in meinen Ohren. Lindas Vater betrat die

Küche. Und jetzt sah ich auch, wieso. Was war ich nur für ein Idiot! Ich hatte den Kühlschrank nicht richtig geschlossen und die Tür war von selbst wieder aufgegangen. Lindas Vater beugte sich herunter. Auf seinem Arm hielt er immer noch das kleine Mädchen. Wenn er jetzt auch nur einen kurzen Blick nach hinten warf, würde er mir direkt in die Augen sehen. Ich beobachtete, wie er das Fläschchen herausnahm und es zwischen seinen Fingern drehte. Ich erstarrte. Das Mädchen hatte den Kopf gedreht. Es kaute auf einem Finger herum. Es hatte mich entdeckt! Meine Gedanken rasten. Jeden Moment würde es losheulen und mich verraten. Ich hatte nur eine Chance: Ich musste versuchen, ein Spiel daraus zu machen. Ich verdrängte meine Angst und verzog mein Gesicht zu einer lustigen Grimasse. Unsicherheit lag im Gesichtsausdruck des Mädchens. Dann lächelte es mich an. Sofort hielt ich meinen ausgestreckten Zeigefinger vor den Mund. Sie tat es mir gleich. Lindas Vater stand auf. Das kleine Mädchen verfolgte mich mit seinen Augen. Der Vater drehte sich um und ging in Richtung Schlafbereich, als das Mädchen unvermittelt kicherte. Der Mann und mein Herz blieben abrupt stehen. Seine Schuhe waren nur wenige Zentimeter von meinem zitternden Körper entfernt, nur die Tischplatte, unter der ich kauerte, schützte mich vor seinem Blick. Aber tat sie das wirklich? Er hatte mich bestimmt entdeckt. Ich war mir ganz sicher. Ich rechnete jeden Augenblick damit, dass er sich zu mir herunterbeugen und mich zur Rede stellen würde. Doch zu meiner Erleichterung lief er weiter und ich hörte, wie sich die Tür des Wohnwagens öffnete und wieder schloss.

Ich krabbelte aus meinem Versteck, lugte vorsichtig aus dem Fenster und wartete, bis er mit dem Mädchen zwischen den Buden verschwunden war. Dann schlüpfte ich durch die Tür ins Freie. Ich lief zur Rückseite des Wohnwagens und von dort auf das offene Feld. Nachdem ich den Jahrmarkt weiträumig umkreist hatte, kam ich wieder bei meinem Fahrrad an. Verstohlen blickte ich mich noch einmal um und fuhr dann, so schnell ich konnte, zum Geißberger Hof zurück.

Als ich das Haus betrat, wollte ich mich wieder unbeobachtet in mein Zimmer stehlen, doch Gerda rief mich in die Küche. Peter saß neben seinem Vater am Esstisch und ignorierte mich. Ich versuchte, mir nicht anmerken zu lassen, wie unangenehm mir die Situation war.

»Deine Mutter hat angerufen«, sagte Gerda. »Wenn du willst, kannst du sie zurückrufen. Das Telefon steht in der Wohnstube.«

Ich nickte, ging durch den Flur ins Wohnzimmer und nahm das Telefon aus seiner Ladestation. Während ich durch die hintere Tür nach draußen lief, wählte ich die Handynummer meiner Mutter. Ich setzte mich auf die Bank, von der aus man den Waldrand überblicken konnte. Nach dem zweiten Klingeln hob meine Mutter ab.

»Kirschstein?«

»Ich bin's, Mama. Wie geht's Oma?«

»Schon viel besser. Sie kommandiert schon wieder alle im Krankenhaus herum. Mich inklusive. Und was treibst du so?«

Ich erzählte von dem Fahrrad, das ich gemietet hatte, beschrieb meinen Tag und meine Wanderung, wobei ich unerwähnt ließ, dass ich einen Mörder suchte und in einen fremden Wohnwagen eingebrochen war.

»Das hört sich ja schön an«, erwiderte meine Mutter. »Jetzt lass uns nicht so lange telefonieren, das ist ja so teuer mit dem Handy.«

Ich wollte nicht auflegen, ich sehnte mich danach, mit einem *normalen* Menschen über *normale* Dinge zu sprechen, aber meine Mutter hatte recht, ich konnte ja nicht Haus und Hof der Geißbergers vertelefonieren.

Ich legte auf und stellte das Telefon zurück auf die Ladestation, dann ging ich in die Küche, um mich zu bedanken. Peter war verschwunden. Gerda bestand darauf, dass ich etwas aß, und ich ließ mich nicht lange drängen, denn es roch vorzüglich. Ich unterhielt mich ein wenig mit Peters Vater. Als ich satt war, verließ ich die Küche und wollte gerade auf mein Zimmer gehen, als Gabor die Diele betrat. Er war in voller Montur, seinen Ultraschall-Apparat hatte er wie ein Gewehr geschultert.

»Alma! Danke für den wertvollen Hinweis mit dem Bootshaus. Ich habe einige Glühwürmchen gefunden und es ist mir fast gelungen, ihre Frequenzen zu bestimmen.«

»Toll, freut mich für dich«, sagte ich. »Sag mal, du warst doch letztes Jahr auch schon hier, nicht wahr?«

»Ja.«

»Weißt du etwas über das Mädchen, das damals ertrunken ist?«

»Ich habe es gefunden und die Polizei verständigt«, sagte er stolz.

»Wann und wo hast du sie gefunden?«

»Es muss gegen sechs Uhr morgens gewesen sein. Ich hatte die ganze Nacht Insekten im Schilf katalogisiert. Sie schwamm im Wasser.«

»Und dann?«

»Dann bin ich hierher zum Hof gelaufen und habe die Polizei benachrichtigt.«

»Hast du hier auf sie gewartet?«

»Nein. Ich ging zurück.«

»Und was hast du dort gemacht?«

Auf einmal klang seine Antwort ausweichend.

»Ich … nichts. Ich habe mir lediglich die Leiche angesehen.«

»Angesehen?«

Er lächelte.

»Nun ja, ich habe nach Fliegenlarven gesucht. Wie du weißt, kann man daran erkennen, wie lange ein Mensch tot ist.«

Bei dem Gedanken, dass Gabor in der Leiche herumgestochert hatte, drehte sich mir der Magen um.

»Und, hast du welche gefunden?«

»Was soll die Fragerei?«

Seine Stimme klang gereizt.

»Findest du es nicht mysteriös, dass ein Mädchen stirbt und sich keiner dafür interessiert, was wirklich passiert ist?«

»Es war ein Unfall, soweit ich weiß. Ich habe jetzt leider keine Zeit mehr, ich muss meine Ergebnisse aufschreiben.«

Er huschte an mir vorbei in sein Zimmer.

Vor dem Einschlafen dachte ich noch einmal an Norberts Worte, die er mir hinterhergerufen hatte, bevor ich sein Büro verlassen hatte: ›Dieser Förster war auch nicht ganz koscher.‹

Ich nahm mir vor, am nächsten Tag dieser Spur nachzugehen.

9 Ich kauere auf dem Boden des Wohnwagens, unter dem Esstisch. Ich höre, wie Schritte sich nähern. Schwarze Schuhe bleiben neben mir stehen. Ich sehe, wie die Knie sich beugen. Der Mann setzt das kleine Mädchen, das auf dem Bett geschlafen hat, vor mir auf dem Boden ab. Als es mich entdeckt, flüstert es ihm zu:

»Da ist sie.«

Ich springe unter dem Tisch hervor, schiebe mich an dem Mann, Lindas Vater, vorbei und stürze durch die Tür nach draußen. So schnell ich kann, laufe ich zwischen den Buden hindurch und verliere mich im Getümmel der Jahrmarktsbesucher. Doch egal, wie schnell ich laufe und wie oft ich die Richtung wechsle, das kleine Mädchen taucht immer wieder hinter mir auf, Lindas Vater an der Hand führend, der breit grinst. Wie Flutwellen drängen mir mehr und mehr Menschen entgegen. Bald habe ich keine Chance mehr durchzukommen. Die Menge spült mich dem Mädchen und dem Mann entgegen. Jetzt grinst auch die Kleine und zeigt mir ihre fehlenden Vorderzähne. Doch ihr Ausdruck hat nichts kindlich Verspieltes, sie besitzt die Mimik eines Erwachsenen. Eine Hand greift nach meiner und zieht mich zur Seite. Ich finde mich in der Gasse zwischen der Geisterbahn und einem Bratwurststand wieder. Es ist Roberto, der mich führt. Die Seitentür der Geisterbahn steht offen und er zieht mich hinein.

Ich finde mich im Bootshaus wieder.

Ich sitze auf dem Steg.

Der Brief in meiner Hand.

Die Gestalt erscheint.

Ihre Hände auf meinem Hals.
Sie drücken zu.
Ich sinke im Todeskampf zusammen.
Wieder die Stimme:
»Grüß mir die Fische.«
Der Traum hat nichts von seinem Schrecken verloren.

Ich war erleichtert, als ich die Augen öffnete und feststellte, dass ich mich noch in meinem Bett befand. Ich war nicht, wie in der letzten Nacht, im Schlaf herumgewandert. Ich wusste, dass ich nicht mehr einschlafen würde, und begab mich ins Bad. Erst was ich dort sah, weckte die schleichende Angst, die seit meinem Erwachen in mir geschlummert hatte. Es war zwar nur eine kleine Veränderung, eigentlich kaum sichtbar, doch ihre Bedeutung wurde mir schlagartig bewusst. Linda hatte nicht nur von meinem Geist, sondern nun auch von meinem Körper Besitz ergriffen.

Unter meinem rechten Auge war über Nacht ein Muttermal gewachsen, wie eine Träne, die nicht versiegt. Bald kamen echte Tränen dazu, Tränen der Hilflosigkeit. Ich fühlte mich leer und tief in meinem Bewusstsein spürte ich Lindas Anwesenheit, wie eine Schwangere, die zum ersten Mal die Bewegungen ihres Babys spürt. Sie wuchs in mir.

Ich lief zurück in mein Zimmer und starrte aus dem Fenster. Noch vor ein paar Tagen war ich so glücklich gewesen. Der Tag, an dem ich aus dem Auto gestiegen war und zum ersten Mal die Landluft gerochen hatte, schien Monate zurückzuliegen. Ich musste diese Sache zu Ende bringen, musste Linda loswerden.

Hastig zog ich mich an und lief nach unten. Ich schnappte mir in der Küche zwei Brötchen und wechselte drei Worte mit Gerda, die ihre Besorgnis nicht vor mir verbergen konnte. Dann lief ich über die Wiese hinter dem Hof zum Waldrand. An der

Stelle, wo der Kiesweg in den Wald hineinführte, stand ein Holzgestell, in dem eine laminierte Wanderkarte der Umgebung hing. Mein Standort war mit einem leuchtend roten Aufkleber gekennzeichnet. In der Mitte der Karte befand sich der Weiher. An der Nordseite war das Moor eingezeichnet und einer der Pfade knickte neben dem Weiher nach Westen ab. Er endete an einem Kreis mit einem Kreuz – dem Symbol für eine Kirche oder eine Kapelle. Das musste die Theresenkapelle sein, auf deren Friedhof Linda begraben lag. Doch das, was ich suchte, fand ich östlich des Weihers. Ein zweiter Pfad war dort abgebildet, der in den Wald hineinführte, und dort befand sich ein kleines schwarzes Rechteck mit der Beschriftung »Forsthaus«.

Nachdem ich am Waldrand entlang nach Osten gelaufen war, erreichte ich den Weg, der auf der Karte verzeichnet gewesen war. Bis zu den Bäumen war er geteert, dann mündete er in einen steinigen Pfad. Ich folgte ihm in den Wald hinein. Die Sonne trieb das Harz aus den Baumstämmen, dessen leicht beißender Geruch sich mit dem der Tannennadeln vermischte und die Luft um mich herum erfüllte. Ich atmete ein, schloss die Augen und genoss für einen Moment die Ruhe, die mich umgab. Dann lief ich weiter.

Nach ungefähr fünfhundert Metern erreichte ich einen Gartenzaun, der auf der rechten Seite des Weges ein kleines Grundstück umschloss, auf dem ein Haus stand, das seine besten Jahre schon lange hinter sich hatte. Die Wände waren altgelb gestrichen, gespickt von dreckig-weißen Flächen, wo der Putz abgebröckelt war. Das Dach bestand aus grünen Schindeln, die durch die Sonneneinstrahlung verblichen waren. An der Stirnseite des Hauses war ein Hirschgeweih samt Schädeldecke montiert. Der Zustand der Behausung raubte dem Geweih jeglichen Jäger-Charme und ließ es eher wie das Erkennungszeichen einer okkulten Sekte aussehen. Eine dünne Rauchsäule kroch aus dem Schornstein, der aus roten Ziegeln bestand. Das Forsthaus passte perfekt zu seinem unheimlichen Bewohner.

Ich beschloss, mich erst einmal umzusehen, und schlich, im Schutz der Bäume, am Gartenzaun entlang. Hinter dem Haus lag ein kleiner verwilderter Garten, in dem ein Geräteschuppen stand, der aus morschen Brettern zusammengenagelt war. Daneben war ein mannshoher Stapel Feuerholz aufgeschichtet, hinter dem ich mich postierte. Durch eine Lücke zwischen den Holzscheiten konnte ich eines der Fenster beobachten. Jemand bewegte sich im Innern des Hauses, doch durch die Spiegelung der Glasscheiben konnte ich nicht erkennen, um wen es sich handelte. Von der Vorderseite des Hauses kamen jetzt Stimmen, die durcheinandersprachen. Ich schlich zur Hausecke. Von hier aus konnte ich die Eingangstür gerade noch erkennen. Eine kleine Gruppe war aus dem Haus getreten. Sie wurde von Brasse angeführt, die anderen konnte ich nicht erkennen. Vorsichtig beugte ich mich etwas weiter vor. Es waren Georg, Oliver, Lukas und Marco, die jetzt lachend und Witze reißend hinter dem Förster herliefen, den Weg entlang, der in den Wald führte. Sie machten auf mich den Eindruck, als hätten sie schon das eine oder andere Bier getrunken. Ihre Gesichter waren gerötet und ihre Blicke glasig. Es beunruhigte mich, dass der Förster, der genauso angetrunken wirkte, ein geladenes Gewehr über der Schulter trug.

Ich wartete einige Minuten, nachdem das Gejohle der kleinen Gruppe verklungen war, dann lief ich zur Vorderseite des Hauses. Zur Sicherheit drückte ich den schwarzen Klingelknopf, der in den Betonpfeiler neben der Gartentür eingelassen war. Als sich nichts tat, drückte ich ihn erneut. Niemand kam an die Tür. Ich blickte noch einmal den Weg hinunter, doch er war in beide Richtungen wie ausgestorben. Trotzdem beschloss ich, vorsichtig zu sein und von der Rückseite aus in das Haus einzudringen.

Neben dem Holzstapel kletterte ich über den Zaun und lief in gebückter Haltung auf das Gebäude zu. Ich hatte Glück, die Terrassentür war nicht verschlossen. Ich öffnete sie, horchte noch einmal in die Stille des Gebäudes hinein und zog sie dann hinter mir zu.

Ein Aroma von Zwiebeln und kaltem Zigarettenrauch lag in der Luft. In dem Zimmer, das ich betreten hatte, scharte sich eine abgewetzte moosgrüne Sitzgruppe um einen Couchtisch, auf dessen gekachelter Oberfläche ein überquellender Aschenbecher, einige leere Bierdosen und eine halb volle Packung Salzstangen ein miefiges Stillleben bildeten. Über dem offenen Kamin hing der ausgestopfte Kopf eines Rehs, aus dessen rechter Augenhöhle, wie ein Geschwür, ein Büschel Holzwolle quoll.

Ich durchquerte das Zimmer und gelangte in die Diele, in der es so finster war, als wäre draußen schon die Nacht hereingebrochen. Die einzige Lichtquelle war ein kreisrundes Fenster, dessen Milchglasscheibe von einem schmiedeeisernen Kreuz geschützt wurde. Von einer Reihe Kleiderhaken hingen diverse Mäntel und Jacken herab, einer schäbiger als der andere. Über einen Haken war ein grauer Filzhut gestülpt und am Boden unter den Mänteln standen drei Paar Wanderstiefel. Ich wusste zwar nicht genau, nach was ich eigentlich suchte, aber ich war mir sicher, dass es etwas war, was Brasse vor Besuchern verbergen wollte. Ich beschloss deshalb, im oberen Stockwerk zu suchen, da ich vermutete, dass er dort seine persönlichen Dinge aufbewahrte.

Eine enge Treppe führte von der Diele so steil nach oben, dass der Aufstieg dem Erklimmen einer Leiter glich. Durch eine Luke in der Flurdecke gelangte ich in einen größeren Raum, dessen Wände über mir zur Dachspitze zusammenliefen. Die Oberfläche der schrägen Fenster war von einer Schicht Dreck überzogen, die den Großteil des einfallenden Sonnenlichts schluckte. In den Lichtsäulen, die sich im Zentrum des Raumes trafen, tanzte aufgewirbelter Staub. In der Mitte des Bodens befand sich die Luke, durch die ich das Zimmer betreten hatte. Zu meiner Linken stand ein durchgelegenes Bett, dessen Decke zurückgeschlagen war. Das Kopfkissen lag zerknautscht am Rand der Matratze. Neben dem Bett stand ein schiefer Wandschrank, auf dessen Türen zwei Herzen gemalt waren. Im rechten Teil des Raumes befand sich ein Schreibtisch neben dem Schornstein, der vom offenen Kamin im Wohnzimmer hinaufführte. Daran lehnte ein Waffenschrank mit einer Glastür, in dem ein altes Jagdgewehr eingeschlossen war.

Ich öffnete die oberste Schublade des Schreibtischs. Ein Brieföffner mit einem Hirschhorngriff, drei Gummibänder und ein paar vereinzelte Büroklammern kamen zum Vorschein. Ich schloss die Schublade und öffnete die darunterliegende. Sie enthielt einen Haufen Briefumschläge, eine Rolle Briefmarken und einige Kugelschreiber. Hastig durchsuchte ich den Rest des Schreibtischs, doch ich fand nichts, was den Förster mit Lindas Mord in Verbindung gebracht hätte. Ich widmete mich dem Waffenschrank, doch die Glastür war fest verschlossen.

Langsam wurde ich nervös. Mir wurde bewusst, wie weit mein Fluchtweg in den Garten war, die schmale Treppe hinunter und durch das Wohnzimmer hindurch. Ich lief zum Wandschrank auf der anderen Seite des Zimmers. Es kostete mich einige Überwindung, die Türen zu öffnen. Die Vorstellung, in Brasses Kleidern zu wühlen, war nicht gerade angenehm. Der Geruch von Mottenkugeln schlug mir entgegen, als ich die Türen öffnete. An den Bügeln, die von einer Stange herabbaumelten, hingen drei schwere Wintermäntel und in den Fächern auf der linken Seite des Schranks stapelten sich Pullover. Halbherzig suchte ich zwischen den Kleidungsstücken, doch ich fand nichts außer einem vertrockneten Nachtfalter. Ich wollte die Türen gerade wieder schließen, als mein Blick auf einen Pappkarton fiel, der von den herabhängenden Mänteln verdeckt wurde. Ich zog ihn heraus und öffnete den Deckel. Mein Puls beschleunigte sich, als ich sah, was der Karton enthielt: einen Fotoapparat. Es handelte sich um eine alte Spiegelreflexkamera, die noch mit Filmrollen arbeitete. Ein Teleobjektiv war auf das Gehäuse geschraubt. Daneben lag ein Stapel Papierabzüge, die allem Anschein nach ungeordnet in die Schachtel geworfen worden waren.

Ich lauschte noch einmal in die Stille des Hauses hinein, dann nahm ich eine Handvoll Fotos heraus und sah sie mir an. Bei den meisten handelte es sich um Porträts irgendwelcher Verwandten, die etwas steif in die Kamera lächelten. Eine Reihe von Abzügen zeigten das Forsthaus, das auf den Bildern noch gruseliger aussah als in Wirklichkeit. Als ich einen weiteren Stapel Fotos herausnahm, kamen unter dem Haufen zwei Umschläge eines Fotolabors zum Vorschein. Ich legte die Bilder, die ich in der Hand hielt, zur Seite und öffnete einen der beiden Umschläge. Schon beim ersten Bild wusste ich, dass ich voll ins Schwarze getroffen hatte.

Das Bild zeigte den Eingang des Jahrmarkts. Hastig blätterte ich die Fotos durch und bekam, fast wie bei einem Daumenkino, die Geschichte des letzten Sommers vorgeführt. Das zweite Foto zeigte die Schießbude. Georg, Marco, Lukas und Oliver standen davor. Linda überreichte Georg gerade eins der Gewehre. Das Foto war mit dem Teleobjektiv aus großer Ferne aufgenommen worden. Linda und Georg sahen sich an und selbst auf diesem leblosen Foto war zu erkennen, dass sie sich nicht nur flüchtig kannten. Es folgten zwei weitere Bilder vom Jahrmarkt, dann wechselte der Schauplatz. Das nächste Foto zeigte den Weiher, genauer gesagt den Baum, dessen Ast über dem Wasser hing. Linda und Georg saßen darauf und ließen die Beine herunterbaumeln. Es musste der Moment sein, den ich durch Lindas Augen gesehen hatte, als ich mit Georg am See war, denn auf dem nächsten Bild schwammen die beiden im Wasser, als wären sie hineingefallen. Ich blätterte weiter.

Jetzt wurde es unheimlich. Brasse hatte eine ganze Serie von Bildern geschossen, auf denen Linda allein zu sehen war. Erst auf dem Jahrmarkt, als sie gerade aus dem Wohnwagen stieg, dann bei der Schießbude und zuletzt im Wald. Fünf Fotos hintereinander zeigten Linda auf dem Kiesweg. Sie waren aus dem Schutz der Bäume heraus aufgenommen worden, was an einigen unscharfen Ästen im Vordergrund zu erkennen war. Das nächste Foto ließ mich kurz innehalten. Zu meiner Überraschung stieg ein Hauch von Eifersucht in mir hoch. Peter war auf dem Bild zu sehen. Er sprach mit Linda, während sie Sindbad hinter den Ohren kraulte. Auf dem folgenden Bild war Lindas Blick auf den Hund gerichtet und Peter sah sie bewundernd an. Also hatte auch er Linda gekannt und nicht nur das, es schien, als hätte sie ihm ziemlich gut gefallen. Ich traute mich fast nicht weiterzublättern, ich wollte gar nicht wissen, was zwischen den beiden sonst noch passiert war, doch auf dem nächsten Foto fehlte Peter. Der Sonnenuntergang färbte das Licht orange. Zuerst hatte ich Mühe einzuschätzen, aus welcher Perspektive das Foto aufgenommen worden war, bis ich begriff, dass Brasse sich in einem Boot auf dem Weiher befunden haben musste. Der Schuppen, den es zeigte, war mir nur allzu bekannt. Es war das Bootshaus. Auf dem Steg, der auf den Weiher hinausführte, saß Linda und ließ eine Hand ins Wasser hängen. Für einen Moment war ich überzeugt, dass das Foto die Szene ihres Todes zeigte, bis ich mich daran erinnerte, dass ihr Mord in meinen Visionen immer bei Nacht passiert war. Beim folgenden Bild hatte Brasse näher herangezoomt und Linda war deutlich zu erkennen. Sie hatte den Kopf nach hinten gedreht und sah zur Tür. Der Grund dafür tauchte im nächsten Foto auf: Georg war hereingekommen. Sie küssten sich. Ich blätterte hastig weiter. Mein Herz klopfte. Ich fühlte mich wie ein Voyeur, denn auf den nächsten Bildern blieb es nicht bei einem Kuss. Georg zog Linda das T-Shirt über den Kopf und begann, sie am Hals zu küssen. Eine Mischung aus Neugier und Scham überkam mich. Ich wollte den beiden nicht dabei zusehen, was sie als Nächstes taten, doch ich konnte die Augen nicht abwenden, ich musste weiterblättern. Linda und Georg hatten sich ins Innere des Bootshauses zurückgezogen und in dem schummrigen Licht konnte man nur noch schemenhafte Umrisse erkennen. Trotzdem war die Situation eindeutig – die beiden schliefen miteinander.

Ich kam beim letzten Bild an und öffnete den zweiten Umschlag. Sofort wurde ich für meine Neugier bestraft. Denn die Person auf dem ersten Foto war weder Linda noch Georg.

Das Mädchen auf dem Bild war ich.

Es musste am ersten Tag aufgenommen worden sein, als ich den Schatten zwischen den Bäumen gesehen hatte. Dieser Schatten war Brasse gewesen und er hatte mich fotografiert. Und nicht nur einmal. Der ganze Film zeigte nur mich. Erst das Zusammentreffen mit Peter im Wald, dann unseren gemeinsamen Weg zum Weiher und dann …

Ekel packte mich. Brasse hatte mich im Badeanzug fotografiert. Bild für Bild zeigte mich, wie ich ins Wasser sprang, wie ich schwamm und wieder aus dem Weiher stieg. Er hatte mit acht Fotos dokumentiert, wie ich mich mit meinem Handtuch abtrocknete. Plötzlich bekam ich Beklemmungen. Ich schmiss die Fotos achtlos zurück in die Kiste, schloss den Deckel und warf die Schranktüren zu. Mein Ekel verwandelte sich in Wut. Als ich die Treppe hinunterlief, dachte ich nur an eins: Ich musste hier raus.

Doch kurz bevor ich das Erdgeschoss erreichte, hörte ich einen Schlüssel, der sich in der Haustür drehte. Ich zuckte zusammen und versuchte, trotz der plötzlichen Hitze, die in meinem Körper herrschte, einen klaren Gedanken zu fassen. Zurück nach oben, das war die einzige Möglichkeit. Glücklicherweise lachten Brasse und die Jungs lauthals, als sie den Flur betraten, sonst hätten sie mit Sicherheit meine Schritte gehört. Panisch sah ich mich in der Dachkammer um. Unter dem Bett konnte ich mich nicht verstecken, der Abstand zwischen Matratze und Boden war zu groß und Brasse hätte mich sofort entdeckt. In den Kleiderschrank wollte ich nicht, jetzt, wo ich wusste, welche *Schätze* er dort verbarg. Es blieb mir nur die Lücke hinter dem Schornstein, in die ich mich gerade so hineinzwängen konnte. Ich zog die Knie an den Körper und hoffte, dass der Schornstein mich vollständig verdeckte. Beim Luftholen wurden meine Rippen gegen meine Beine gepresst, sodass ich nur flach atmen konnte. Ich lauschte gebannt. Der Hohlraum des Schornsteins leitete den Schall nach oben, aber nicht genug, um zu verstehen, worüber unten im Wohnzimmer gesprochen wurde. Ich hörte nur ein monotones Murmeln und ab und zu einen Lacher.

Langsam beruhigte ich mich. Vorsichtig lugte ich um die Ecke des Schornsteins. Erneut machte mein Herz einen Sprung. Ich hatte mich zu früh in Sicherheit gewiegt. Eines der Fotos lag vor dem Kleiderschrank auf dem Boden. Es musste mir aus der Hand gefallen sein. Ich horchte noch einmal, um sicherzugehen, dass niemand nach oben kam, dann verließ ich mein Versteck und schlich über den knorrigen Holzboden zum Schrank zurück. Etwa auf halbem Weg hörte ich Brasses Stimme unten an der Treppe:

»Macht's euch schon mal gemütlich, Männer, ich bin gleich bei euch.«

Er kam nach oben. Mit jedem seiner schweren Schritte auf

den hölzernen Stufen wuchs meine Panik. Ohne zu überlegen, rannte ich los, griff nach dem Foto und steckte es in die Hosentasche. Brasses Kopf erschien schon in der Luke, als ich mich in die dunkle Ecke neben dem Schrank zurückzog, die durch dessen Seitenwand und die Schräge des Dachbodens gebildet wurde. Ich hoffte inständig, dass mich die Dunkelheit vollständig verschluckte. Mein Herz schlug so laut, dass es mir vorkam, als hallte es durch den ganzen Raum. Gebannt wartete ich einige Sekunden. Ich hörte nichts. Hatte Brasse mich gesehen? Würde er gleich um die Ecke des Schranks springen und mich packen? Die Holzdielen knarrten. Brasse summte. Er näherte sich dem Schrank. Unvermittelt setzte eine Melodie in meinem Kopf ein, das blöde Lied vom Autoskooter:

Deine Liebe …

Brasse stellte sich vor den Schrank.

Brennt wie Feuer …

Er öffnete die Türen. Nur ein kleiner Spalt trennte seine dicken Finger von meiner Schulter.

Doch dein Herz …

Ich hörte, wie er etwas auszog. Er warf es hinter sich, sodass es neben mir auf den Boden fiel. Es war sein Unterhemd. Irgendwann musste es einmal weiß gewesen sein, doch inzwischen hatte es eine gelbliche Färbung angenommen.

Ist kalt wie Schnee …

Der Schweißgeruch des Unterhemds trieb mir fast die Tränen in die Augen. Brasse nahm ein Kleidungsstück aus dem Schrank.

Warum willst du …

Er streifte es sich über und schloss die Schranktüren.

Mir nicht glauben …

Erleichtert hörte ich, wie sich seine Schritte entfernten.

Dass ich für dich …

Er blieb stehen.

Er kam zurück.

Durch die Hölle geh …

Erst sah ich seine Hand, die nach dem Unterhemd griff. Und dann erschien sein Kopf. Nur Zentimeter vor mir. Die kleinste Bewegung, ein Blick zur Seite und ich war verloren. Er räusperte sich. Dann war er verschwunden. Die Schritte entfernten sich wieder und ich hörte, wie Brasse durch die Luke nach unten stieg. Minutenlang stand ich noch mit klopfendem Herzen hinter dem Schrank. Dann wagte ich vorsichtig einen Schritt nach vorn. Ich lugte um die Ecke. Das Zimmer war leer. Ich lief wieder zum Schornstein und zwängte mich in den Zwischenraum. Ich atmete langsam ein und aus und spürte, wie sich mein Pulsschlag allmählich beruhigte. Ich lauschte noch eine Weile den dumpfen Klängen aus dem Wohnzimmer.

Irgendwann nickte ich ein.

Ich schreckte hoch. Die schwachen Sonnenstrahlen, die durch die Fenster drangen, tauchten die Dachkammer in fahles Licht. Formen waren nur noch unscharf zu erkennen – es sah aus, als befinde sich der Raum am Grunde des Weihers. Ich horchte in die Stille hinein, die mich umgab. Das Murmeln und Lachen aus dem Wohnzimmer war verstummt. Waren die Jungs nach Hause gegangen? Lag der Förster vielleicht schon in seinem Bett? Der Gedanke daran ließ mich erschaudern. Besonders nachdem ich die Fotos von mir gesehen hatte. Ich blickte vorsichtig um die Ecke des Schornsteins. War das Bett leer oder lag jemand darin? Ich kroch auf allen vieren vorwärts und zuckte jedes Mal zusammen, wenn eine der Bohlen knarrte. Ich rechnete jeden Moment damit, dass der Schatten, den ich unter der Bettdecke zu erkennen glaubte, aufschreckte und sich zu mir umdrehte, doch ich erreichte die Luke ohne Zwischenfall.

Vorsichtig stand ich auf und zog die schwere Klappe nach oben. Ich erstarrte augenblicklich, als ich Brasses Stimme vernahm, die aufgeregt auf jemanden einredete:

»Georg, lüg mich nicht an. Marco hat es mir erzählt. Du hast dir wieder so eine angelacht.«

Es dauerte einige Sekunden, bis ich begriff, dass Brasse mich meinte. Jetzt hörte ich Georgs Stimme.

»Aber sie ist doch ...«

»Denk an letzten Sommer. Willst du noch mal so ein Fiasko erleben?«

Eine Pause entstand. Ich hätte gern Georgs Gesichtsausdruck gesehen. Lag Trauer darin? Ich konnte es nur vermuten.

»Linda war –«

»Sie war nicht gut genug für dich.«

In mir stieg brennende Wut hoch. Aber gut genug, um sie heimlich zu fotografieren!, wollte ich hinunterschreien.

Georg murmelte etwas, das ich nicht verstand, und dann hörte ich, wie sich die Haustür öffnete und wieder schloss. Jetzt war alles still. War Brasse mit nach draußen gegangen? Ich nahm all meinen Mut zusammen und schlich die Treppe hinunter. Immer wieder hielt ich an, um zu lauschen, doch es herrschte völlige Stille. Unten angekommen, schob ich meinen Kopf vorsichtig um die Ecke. Der Flur war leer. Brasse hatte das Haus wohl mit Georg verlassen. Es war zu gefährlich, durch die Vordertür zu gehen, deshalb durchquerte ich das Wohnzimmer und öffnete die Glastür, die zum Garten führte. Als ich ins Freie trat, beschleunigte ich meine Schritte. Ich sah mich um. Im Haus war niemand zu sehen. Ich steuerte auf den Holzstapel neben dem Schuppen zu. Alle Anspannung fiel von mir ab. Ich war entkommen.

Und dann stand Brasse vor mir.

Ich blieb stehen. Für den Bruchteil einer Sekunde sahen wir

uns an. Dann rannte ich los, zurück zum Haus. Doch ich hatte zu viel Schwung, stolperte und fiel der Länge nach hin. Sofort drehte ich mich auf den Rücken.

Brasse trug unter dem rechten Arm einige Holzscheite, die er jetzt fallen ließ. Auf seinem Gesicht lag, wie eine offene Wunde, ein Grinsen.

»Wen haben wir denn da?«

Ich versuchte, mich aufzurappeln, doch mein Körper gehorchte keinem meiner Befehle.

»In fremder Leute Häuser eindringen ist Einbruch, junge Dame«, sagte er in einem Oberlehrerton.

Ich rollte mich zur Seite und sprang auf, doch bevor ich einen einzigen Schritt machen konnte, hatte Brasse mich am Handgelenk gepackt. Er zog mich zu sich heran. Sein Gesicht schwebte knapp vor meinem und ich roch seinen widerlichen Atem.

»So ein Verhalten muss bestraft werden.«

Er packte meinen anderen Arm und hielt ihn wie in einem Schraubstock fest. Ich tat das Einzige, wozu ich noch imstande war, ich spuckte ihm ins Gesicht. Er lächelte und wischte sich die Spucke mit dem Handrücken ab, dann holte er aus und schlug mir mit der flachen Hand auf die Wange.

»Solche Schlangen wie dich hab ich besonders gerne.«

Die Aussichtslosigkeit meiner Situation machte mich mutig.

»Ich weiß. Ich habe Ihre Fotosammlung gesehen.«

Er machte einen Schritt zurück. Meine Handgelenke entglitten seinem Griff. Ich rannte wieder los, über die Terrasse. Ich erreichte die Tür zum Haus, doch einen Augenblick später war ich wieder in seiner Gewalt. Er packte mich an den Schultern, wirbelte mich herum und schubste mich gegen das Glas der Tür.

»Du hast in meinen Sachen rumgeschnüffelt?«

Seine Gesichtsfarbe war von einem fleckigen Rot und er funkelte mich mit weit aufgerissenen Augen an. Ich wusste, ich war zu weit gegangen. Warum konnte ich mein blödes Maul nicht halten? Brasse schob die Tür auf und zerrte mich ins Wohnzimmer. Dort drückte er mich unsanft in einen Sessel und zog die Vorhänge zu.

»Du hast einen großen Fehler gemacht. Einen sehr großen Fehler. Und ich werde dir zeigen warum. Ich werde …«

Er hatte sich zu mir umgedreht und blickte plötzlich an mir vorbei. Ich lehnte mich im Sessel zur Seite und sah nach hinten. Im Türrahmen stand Lukas. Nach einem kurzen Augenblick fing sich Brasse wieder.

»Verstehst du jetzt, warum ich so aufgebracht bin?«

Zuerst begriff ich nicht, dass er mich angesprochen hatte. Sein Ton hatte sich von dem eines tollwütigen Hundes zur verständnisvollen Stimme eines Klassenlehrers gewandelt, der einen Schüler nach dem Unterricht tadelt.

»Gut, dann geh jetzt. Lukas, würdest du sie hinausbegleiten?«

Lukas stand immer noch mit ausdruckslosem Blick da.

»Ich habe mein Handy vergessen.«

Er durchquerte den Raum und hob das kleine Telefon auf, das zwischen den leeren Bierdosen auf dem Couchtisch lag. Ich stand auf und lief Richtung Flur, bevor Brasse es sich anders überlegen konnte. Lukas folgte mir. Wir verließen das Haus, durchquerten das Gartentor und liefen auf dem Weg in Richtung Waldrand.

»Danke«, sagte ich, nachdem wir uns eine Weile angeschwiegen hatten. »Ich glaube, wenn du nicht gekommen wärst, hätte es schlimm für mich enden können.«

»Keine Ursache«, antwortete Lukas knapp.

Er hatte eine Art, aus der ich nicht schlau wurde. Weder seine Stimmlage noch sein Gesichtsausdruck verrieten, was er gerade dachte.

»Ihr wart also heute zusammen im Wald?«

»Brasse nimmt uns öfter mit und zeigt uns Verschiedenes.«

»Was zum Beispiel?«

»Die Grundkenntnisse der Jagd, Überleben unter freiem Himmel, wie man sich verteidigt, Erste Hilfe. Danach wird es oft feuchtfröhlich.«

Irgendwie war mir diese Gruppe unheimlich. Ich beschloss, die Gelegenheit zu nutzen, um etwas über Georg herauszufinden.

»Wie lange kennst du Georg eigentlich schon?«, fragte ich beiläufig.

»Seit der Grundschule. Er ist mein bester Freund. Ich würde nie zulassen, dass jemand ihm wehtut.«

Ich verstand, dass er mit dem letzten Satz mich gemeint hatte.

Die Sonne war nur noch als rötliches Schimmern am westlichen Horizont zu sehen, als Lukas und ich den Waldrand erreichten. Wir liefen an den Bäumen entlang in Richtung Geißberger Hof. Als wir die Wiese herabliefen, die den Bauernhof vom Wald trennte, nickte Lukas mir wortlos zu und verschwand die Einfahrt hinab. Ich betrat das Haus. Peter würdigte mich beim Abendessen wieder keines Blickes.

Anschließend ging ich auf mein Zimmer und machte mich fürs Bett fertig. Als ich meine Hose auszog, fiel das Foto heraus, das ich in Brasses Dachkammer aufgehoben hatte. Es war das Bild von Linda, Sindbad und Peter. Ein trauriger Schnappschuss, wenn man das Schicksal von zwei der drei Abgebildeten bedachte. Was hatten die Fotos in Brasses Schrank zu bedeuten? War er der Mörder? Vieles deutete darauf hin. Er hatte von Georgs Beziehung zu Linda gewusst, hatte ihnen nachspioniert und er hatte Linda nicht gerade ins Herz geschlossen. Und dass er das Gewaltpotenzial besaß, einen kaltblütigen Mord zu begehen, hatte ich am eigenen Leib erfahren. Aber was war sein Motiv? Eifersucht? Ich sah mir das Bild noch einmal an und diesmal betrachtete ich Peter und Sindbad genauer. Auf einmal verspürte ich wieder dieses Gefühl, das ich noch vor Kurzem für Peter empfunden hatte, bevor *sie* es verdrängt hatte. Ich schloss die Augen und sah uns zusammen am Grill sitzen, ich fühlte seinen Kuss und sehnte mich danach, bei ihm zu sein. Ich nahm meinen Schreibblock und meinen Kugelschreiber und schrieb Peter einen Brief:

> Lieber Peter,
> ich weiß, dass ich mich in den letzten Tagen seltsam verhalten habe. Ich habe dich sehr verletzt und dafür will ich mich entschuldigen.
> Mir ist etwas passiert. Ich kann dir nicht sagen, was es ist, da ich es selbst nicht so genau weiß, nur so viel: Ich bin im Moment nicht ganz ich selbst.

Ich nagte an meinem Kugelschreiber und versuchte, die richtigen Worte zu finden.

> Der Abend mit dir hat mir sehr viel bedeutet. Ich denke sehr oft daran.
> Ich wünschte, wir könnten den Rest des Sommers unbeschwert miteinander verbringen und noch viele solcher Momente erleben, aber vorher muss ich diese Geschichte zu Ende bringen, in die ich da hineingeraten bin.
> Ich hoffe, du kannst mir verzeihen.
> Deine Alma

Ich las den Brief noch einmal durch. Dann legte ich ihn auf meinen Nachttisch und schlief ein.

Teil 3
Linda

10

Ich bin zurück in Brasses Dachkammer. Das Licht, das durch die dreckigen Fensterscheiben fällt, hat den orangefarbenen Ton der Abenddämmerung angenommen. Ich muss hier raus, bevor es dunkel wird. Vorsichtig schleiche ich zu der Luke im Boden. Ich horche. Kein Laut dringt nach oben. Behutsam verlagere ich mein Gewicht von einer Treppenstufe auf die nächste, um möglichst wenig Lärm zu machen. Ich erreiche die Diele. Das Haus ist wie ausgestorben. Ich fasse Mut und laufe ins Wohnzimmer, um durch den Garten zu entkommen. Gerade als ich das Zimmer betrete, zeichnet sich der Schatten des Försters an der Terrassentür ab. Ich schrecke zurück, mache kehrt und laufe die Treppe zum Dachboden wieder hinauf. Hinter mir höre ich einen wütenden Laut, gefolgt von schweren Schritten auf den unteren Treppenstufen. Brasse hat die Verfolgung aufgenommen.

Ich renne, so schnell ich kann, die enge Treppe hinauf und schlüpfe durch die Luke – doch der Dachboden ist verschwunden. Stattdessen finde ich mich vor drei weiteren Treppen wieder, die alle in verschiedene Richtungen nach oben führen. Das Poltern hinter mir wird lauter und ich entscheide mich schnell für die linke Treppe. Ich haste hinauf und komme an eine weitere Gabelung. Diesmal führt eine der Treppen hinunter. Ich wähle diese, doch auch sie endet an einer Abzweigung. Ich bin gefangen in einem Labyrinth aus Treppen, Gängen und Türen. Von irgendwoher hallen Brasses Schritte durch die Korridore, doch ich kann nicht beurteilen, aus welcher Richtung sie kommen oder wie nah sie sind.

Ich öffne eine der Türen. Jemand steht vor mir. Ich sterbe fast vor Schreck. Erst auf den zweiten Blick erkenne ich, dass es sich bei der kleinen Gestalt, die im Türrahmen steht, um Roberto handelt.

»Komm mit«, flüstert er und nimmt mich an der Hand.

In diesem Moment stolpert der Förster aus einem der Treppenschächte. Er funkelt mich triumphierend an.

Roberto zieht mich in einen Gang hinein und öffnet eine Tür.

»Da rein!«, ruft er.

Ich gehe durch die Tür.

Wasser plätschert gegen Holzplanken und wirft das Mondlicht in wabernden Mustern an die Decke. Ich bin im Bootshaus. Ich setze mich ans Ende des Stegs.

Diesmal ist es anders. Diesmal ist es nicht wie eine Erinnerung. Ich bin wirklich hier. Ich sehe, höre, rieche meine Umgebung, als wäre alles echt. Es ist alles echt.

Die Tür öffnet sich hinter mir und ich frage mich, ob mein Tod dieses Mal auch echt sein wird, ob ich aus diesem Traum jemals wieder erwachen werde.

»Grüß mir die Fische.«

Die Hände drücken zu. Ich fühle ihren Druck wie einen Schraubstock um meinen Hals. Meine Lunge brennt. Ich sinke in die schwarze Leere.

Wie ein Taucher stieg ich durch die Schichten des Schlafes nach oben, bis ich die Grenze zum Wachsein durchbrach. Ich schlug die Augen auf. Ich hatte mich im Schlaf hin und her gewälzt, mein rechter Arm lag unter meinem Körper. Es gelang mir nicht, ihn herauszuziehen, die Blutzirkulation war unterbrochen und er gehorchte meinen Befehlen nicht. Ich drehte mich auf die linke Seite. Es war ein blödes Gefühl, meinen Arm, abgestorben wie ein Mehlsack, an meiner Schulter zu fühlen. Ich versuchte, meine Hand zu bewegen, um den Blutfluss in Gang zu bringen.

Und dann passierte es.

Mein Arm hob sich. Ich konnte ihn immer noch nicht fühlen, doch er bewegte sich. Meine Finger, die sich genauso dick und pelzig anfühlten wie der Rest, öffneten und schlossen sich. Mit wachsendem Entsetzen beobachtete ich meinen Arm, der sich wie eine angriffslustige Kobra über mir emporstreckte. Er blieb einige Sekunden schwankend in der Luft stehen, bevor er sich wieder senkte. Doch er fiel nicht aufs Bett zurück. Mein Ellbogen öffnete sich und meine Finger griffen nach meinem Kugelschreiber, der auf dem Nachttisch lag. Schwankend, wie ein Betrunkener, schwebte meine Hand in der Luft, dann senkte sie sich wieder. Die Spitze des Stiftes setzte auf dem Buchdeckel von *Das Packard-Haus* auf. Einen Moment lang geschah nichts und ich dachte, es wäre vorbei, doch dann, quälend langsam, fuhr die Spitze des Kugelschreibers mit einem kratzenden Geräusch nach unten und ritzte eine flache Rille in das Buch. Sie hielt kurz inne und fuhr dann im rechten Winkel fort. Meine Hand hob sich und fügte einen weiteren Strich parallel zum ersten hinzu. Erst als sie ein drittes Mal ansetzte, verstand ich, was geschah. Meine Hand schrieb ein Wort. Einen Namen. LIN…

Ich bündelte meine Willenskraft und konzentrierte sie auf meine tauben Finger. Zitternd öffneten sie sich einige Millimeter. Der Kugelschreiber fiel auf den Nachttisch. Im selben Moment sackte mein Arm auf die Matratze zurück. Ein fürchterliches Kribbeln setzte ein, als würden Tausende Ameisen durch meine Blutbahn laufen. Ich setzte mich auf den Bettrand und schüttelte meinen Arm aus. Das Kribbeln wurde unerträglich, doch im gleichen Maße, wie es zunahm, begann ich, meinen Arm wieder zu spüren. Als das Gefühl zu einem leichten

Prickeln in den Fingerspitzen abgeklungen war, lief ich ins Bad. Das grüne Leuchten in meinen Augen strahlte heller als je zuvor. Linda würde bald vollständig die Kontrolle über mich gewinnen. Ich musste mich beeilen, ich musste den Mörder finden.

Ich nahm den Brief von meinem Nachttisch und ging zu Peters Zimmer. Die Tür stand einen Spaltbreit offen und ich sah hinein. Niemand war zu sehen. Ich schlich hinein, legte den Brief auf Peters Kopfkissen und verließ das Zimmer wieder. Dann ging ich zum Frühstücken in die Küche, wo Peter auf der Bank saß. Da ich den Brief geschrieben hatte, fühlte ich mich nicht mehr so schuldig wie in den letzten Tagen und begrüßte ihn freundlich. Er brachte ein »Hallo« heraus und verließ den Raum. Ich aß hastig, da ich fürchtete, dass er sofort in sein Zimmer gehen und den Brief dort finden würde. Ich wollte zwar, dass er ihn las, aber ich hatte auch Angst vor seiner Reaktion.

Als ich vor das Bauernhaus trat, hatte ich den festen Entschluss gefasst, zu Brasses Hütte zurückzukehren, doch auf dem Weg in den Wald beobachtete ich Georg, Lukas, Marco und Oliver, die den Weg in Richtung Weiher einschlugen. Ich änderte meinen Plan und folgte ihnen. Wie zufällig kam ich an der Liegewiese an, als die Jungs gerade ihre Badetücher ausbreiteten.

»Hier ist noch Platz für eine hübsche Dame«, rief Georg.

Ich warf ihm einen Blick zu, der gleichgültig wirken sollte, und ließ mich neben ihnen nieder. Dabei lächelte ich Lukas an, der etwas gegen meine Anwesenheit zu haben schien, denn sein Blick war kalt und abweisend. Die Sonne brannte auch heute wieder unbarmherzig vom Himmel herab und Oliver ließ es sich nicht nehmen, mir den Rücken einzucremen, was Georg überhaupt nicht gefiel.

Ich gab mich äußerlich gelassen, doch meine Nerven waren angespannt. Das Kindergeschrei und das Platschen des Wassers gellten in meinen Ohren und hatten jeglichen Hauch von Sommeridylle verloren. Ich legte mich auf mein Handtuch und beobachtete Georg aus zusammengekniffenen Augen. Er wusste etwas. Er hatte mit Linda geschlafen. War Brasse eifersüchtig geworden? Hatte er das Mädchen deshalb umgebracht? Die Fotos deuteten darauf hin. Oder gab es einen anderen Grund? War Georg nicht so sanftmütig, wie er tat? Wie konnte ich das herausfinden?

Und dann kam mir die Idee: durch eine Berührung! Jedes Mal, wenn Georg mich berührt hatte, hatte ich durch Lindas Augen gesehen. Aus diesem Grund hatte ich versucht, seine Berührungen zu meiden, doch vielleicht war das genau der falsche Weg. Vielleicht musste ich den Kontakt suchen. Der kleine Finger meiner rechten Hand begann zu kribbeln. Linda wartete. Ich musste handeln.

»Georg, hast du Lust, mit mir zum Wasser zu gehen?«

»Klar.«

Er konnte die Euphorie in seiner Stimme nicht ganz verbergen. Ich ging voraus, ein Stück den Weg entlang, der um den Weiher führte. Georg lief mir hinterher.

»Ich will dir meinen Lieblingsplatz zeigen«, gab ich vor und lächelte ihn an. Georg lächelte zurück.

Ich führte ihn zu einer Stelle am Ufer, an der ein Fleckchen Gras durch einige Bäume vom Rest der Liegewiese abgetrennt war. Durch das dichte Laub war man vor Blicken geschützt. Wir gingen zum Wasser hinab und setzten uns. Ich ließ meine Zehenspitzen in den Weiher gleiten. Mein Herz klopfte. In diesem Moment empfand ich nichts für Georg. Ich hörte nur eine Stimme, die mir sagte, dass das, was ich jetzt tun würde, das einzig Richtige war, um Lindas Mörder zu finden. Und ich war mir nicht mal sicher, ob diese Stimme mir gehörte oder Linda. Das laute Kreischen der badenden Kinder drang gedämpft zu uns herüber. Irgendwo schnatterte eine Kröte. Ich drehte mich zu Georg. Ich musste nichts tun. Er schlang seine Arme um mich und küsste mich auf den Mund. Ich spürte, wie seine Zunge zwischen meine Lippen drang, und dann …

… steht er vor mir, am Ufer des Weihers. Er sieht mich fassungslos an.

»Bist du sicher?«

»Ja. Ich habe zwei Tests gemacht.«

Er schweigt. Ich sehe ihm an, wie es in seinem Kopf arbeitet. Seine Gefühle für mich sind plötzlich verschwunden, wie in der Hitze verdampft.

»Ich … ich kenne einen Arzt. Ein Freund der Familie. Er kümmert sich sicher darum.«

Ich bin fassungslos.

»Wie meinst du das?«

»Er schafft das Problem … aus der Welt.«

»Das Problem?«

Georg blickt mich ungläubig an.

»Du weißt schon. Er macht es weg.«

Mein Mund fühlt sich trocken an.

»Und was ist, wenn ich das gar nicht will?«

Georg schnaubt.

»Ich fürchte, das ist nicht deine Entscheidung.«

»Ach ja?«

Er schüttelt den Kopf.

»Georg, ich dachte, du empfindest etwas für mich. Ich dachte, es wäre mehr zwischen uns als … als …«

»Ja, ja natürlich bedeutest du mir etwas. Aber du wirst doch verstehen, dass ich mit dir kein Kind haben kann.«

»Warum nicht?«

»Weil du … Sieh mal, Linda, ich komme aus dem Dorf und du … du gehörst einfach nicht zur Dorfgemeinschaft.«

»Ach, so ist das. Du willst, dass ich unser Kind wegmachen lasse, weil du Angst hast, dass man im Dorf über dich lästert, wenn du ein Kind mit einer vom Jahrmarkt hast.«

»Du verstehst das nicht. Ihr, ihr lebt in ganz anderen Verhältnissen. Ihr …«

»Georg, ich habe gedacht, du bist anders.«

»Bin ich auch. Und ich verstehe auch, dass du das Kind behalten willst.«

»Wer sagt, dass ich das Kind behalten will?«

»Aber du hast doch gerade gesagt …«

»Ich habe keine Ahnung, was ich jetzt machen soll. Mein Vater reißt mir den Kopf ab, wenn ich ihm das erzähle.«

»Dann ist ja alles in Ordnung. Wir rufen diesen Arzt an …«

Ich verliere die Beherrschung.

»Nichts ist in Ordnung! Da wächst ein Kind in mir. Ein Kind. Ich kann das nicht, Georg. Ich kann es nicht einfach so … wegmachen. Ich …«

Tränen laufen über mein Gesicht. Schützend halte ich meine Arme vor meinen Bauch.

»Jetzt beruhige dich wieder. Wir können doch über alles reden.«

Er will mich in den Arm nehmen, doch seine Berührung ist mir zuwider. Ich reiße mich los.

»Linda. Jetzt komm schon.«

»Verschwinde.«

Er packt mich am Arm.

»Linda, jetzt sei doch vernünftig.«

Ich hole aus und gebe ihm eine schallende Ohrfeige. Er funkelt mich an.

»Du bist das Letzte!«, ruft er.

Dann dreht er sich um und geht.

Ich breche heulend zusammen und rolle mich im Gras. Ich spüre etwas in meinem Mund und …

… schreckte auf. Georg saß vor mir. Seine Hand lag auf meinem Arm. Er lächelte mich an.

»Alma, du bist wunderschön.«

Vor meinem inneren Auge sah ich noch Georgs Gesicht, nachdem Linda ihm die Ohrfeige gegeben hatte. Es war voller Hass und Verachtung. Ich quälte mir ein Lächeln ab.

»Du bist süß.«

Und wahrscheinlich ein Mörder, dachte ich.

»Georg, kommst du?«

Marco und Oliver riefen zu uns herüber.

Georg stand auf, küsste mir noch einmal die Hand und rannte zu seinen Freunden.

Linda war also von ihm schwanger gewesen. War das der letzte Hinweis, nach dem ich gesucht hatte? Es bestärkte meinen Verdacht gegen Georg, doch ganz überzeugt war ich noch nicht. Wenn mir die Vision eins gezeigt hatte, dann, dass Georg ein Feigling war. Doch auch ein Feigling war möglicherweise zu einer solchen Tat fähig, wenn er in die Enge getrieben wurde. Wozu Menschen in Extremsituationen fähig waren, hatte ich ja gerade selbst gemerkt. Ich hatte jemanden aus reiner Berechnung geküsst.

Ein Satz, der von Georg und seinen Freunden zu mir herüberflog, unterbrach meine Gedanken.

»Grüß mir die Fische!«

Blitzartig stand ich auf und sah zu ihnen hinüber. Wer hatte das gerufen? Es war unmöglich zu erkennen. Die vier Jungs hatten sich gegenseitig ins Wasser geschubst. Gerade tauchten sie lachend wieder auf. Ich hielt es hier nicht mehr aus. Entschlossen lief ich zu unserem Platz und packte meine Sachen. Als ich mich auf den Weg zum Bauernhof machte, hörte ich Georg noch nach mir rufen, doch ich ignorierte ihn.

Im Schatten der Bäume genoss ich für einen Moment die

kühle Luft und die friedliche Stille. Ich war mir sicher, dass ich das Motiv für den Mord gefunden hatte. Jemand wollte verhindern, dass Lindas Schwangerschaft bekannt wurde. Aber war es Georg gewesen, der sie erwürgt hatte? Konnte er so etwas tun?

Wie sollte ich die Wahrheit herausbekommen? Was war der nächste Schritt? Einer plötzlichen Eingebung folgend, machte ich kehrt und lief zum Weiher zurück. Doch anstatt zur Liegewiese zu gehen, schlug ich einen anderen Weg ein, den, der am Schilf entlang um den See führte. Nach einer Weile fand ich die Stelle, an der der Trampelpfad durch die Mauer aus Halmen führte. Wieso war ich nicht früher darauf gekommen, zum Tatort zurückzukehren? Natürlich aus Angst. Auch jetzt, bei strahlendem Sonnenschein, lief es mir kalt den Rücken hinunter, als ich Schritt für Schritt auf die dunkle Silhouette des Bootshauses zulief. Als ich vor der Holztür stand, war ich wieder von der unheimlichen Gewissheit erfüllt, dass mit diesem Ort etwas nicht stimmte. Ich griff nach der kalten, rostigen Klinke und drückte sie herunter. Mit einem Ächzen drehte sich die Tür in ihren Angeln und das Bootshaus ließ mich ein.

Ich weiß nicht, ob es am Glucksen der Wellen lag, die sich an den Holzpfählen unter mir brachen, oder am Knarren der Balken über mir, aber ich wurde den Eindruck nicht los, dass dieser Raum lebte, dass er atmete, wie ein schlafendes Tier. Das Tageslicht konnte nichts gegen die unbehagliche Stimmung ausrichten, im Gegenteil, die Reflexionen der Sonnenstrahlen auf dem Wasser, die über die Wände tanzten, verstärkten den Eindruck nur noch. Es wirkte, als würden die Wände pulsieren, als würde das Haus wie die Lunge eines Riesen Luft holen. Ich machte einige Schritte in die Mitte des Raumes. Ein lautes Geräusch über mir ließ mich zusammenfahren. Ich sah ängstlich nach oben, doch es war nur das Flattern eines Vogels, der im Gebälk gesessen hatte und durch das Loch in der Decke davongeflogen war.

Vorsichtig begann ich, den Raum zu untersuchen. Zuerst nahm ich mir die Regale an der rechten Wand vor. Die darin gestapelten Dinge standen schon seit einigen Jahren hier, was die staubigen Schichten aus Spinnweben bezeugten. Ich schreckte kurz zurück, als ich die dünnen Beine einer Spinne wahrnahm, die unter einem der Netze umherlief. Ich ging in die Knie, legte meinen Kopf auf den Boden und blickte in den Spalt unter dem letzten Regalbrett. Doch außer einer toten Maus, die auf dem Rücken lag und ihre Beine von sich streckte, sah ich nichts Interessantes. Auch das zweite Regal barg nichts Erwähnenswertes. Ich nahm die rostfleckige Sturmlaterne von ihrem Nagel neben der Tür und schwenkte sie hin und her. In ihrem Bauch schwappte ein Rest Petroleum. Ich hängte sie zurück und wandte mich der anderen Seite des Raumes zu. An einer Halterung waren dort Taue und Ruder befestigt, darunter, auf einer Ablage, standen einige Töpfe mit Farbe. Diese waren ebenfalls mit einer dicken Staubschicht überzogen. Auch hier fand ich keinen Hinweis auf das Verbrechen, das vor einem Jahr an diesem Ort begangen worden war.

Ich wollte das Bootshaus gerade wieder verlassen, als mich etwas zurückhielt. Erneut untersuchte ich die Ablage mit den Farbtöpfen. Jetzt sah ich, dass sich unter dem Holzbrett, auf dem die Töpfe standen, ein handbreiter Spalt befand. Ich ließ mich auf den Boden nieder und sah hinein. Fast wäre ich vor Schreck gestorben – ein zappelnder Schatten löste sich aus der Dunkelheit und schoss auf mich zu. Er kollidierte mit meiner Stirn, rappelte sich auf und floh in Richtung Eingangstür. Es war eine Feldmaus. Ich war aufgesprungen, doch als ich sah, vor wem ich mich so erschreckt hatte, musste ich lachen. Und dann sah ich die Szene vor meinem inneren Auge noch einmal, wie ein visuelles Echo. Hinter der Maus hatte etwas gelegen. Sofort kniete ich mich wieder hin und betrachtete den Hohlraum genauer. Da war etwas. Ein Fetzen Papier, der hinter dem Brett klemmte. Ich griff mit der Hand danach und zog ihn hervor. Als ich meinen Fund betrachtete, bebte ich vor Aufregung. Es war ein Brief. Er war mit der Hand geschrieben, das Papier hatte sich durch die Feuchtigkeit gewellt und einige Wörter waren verwischt, doch die Unterschrift war klar und deutlich zu erkennen: Dein Georg. Es war der Brief, den Linda in der Nacht ihres Todes erhalten hatte.

Mit zitternden Händen begann ich zu lesen.

Ich lag auf meinem Bett, draußen war das tiefe Rot des Sonnenuntergangs bereits in ein dunkles Violett übergegangen. Es war nicht schwer gewesen, die unleserlichen Wörter zu erraten. Ich las den Brief ein weiteres Mal, obwohl ich ihn mittlerweile auswendig kannte:

Meine Linda,
ich weiß, dass ich dir wehgetan habe. Es tut mir so leid!
Als du mir gesagt hast, dass du schwanger bist, wusste ich nicht, wie ich damit umgehen soll. Ich habe auch einige Sachen gesagt, die ich sehr bereue und die dich bestimmt verletzt haben.
Es tut mir so leid.
Bitte lass uns noch mal über alles reden. Komm heute Nacht ins Bootshaus. Ich werde um Mitternacht da sein. Zusammen werden wir eine Lösung finden.
Ich liebe dich.
Dein Georg

Georg hatte Linda also ins Bootshaus gelockt. Doch anstatt sich mit ihr auszusprechen, hatte er sie umgebracht. In diesem Augenblick vernahm ich den Ruf.

Es war eher ein Gefühl, ein nervöses Ziehen in meiner Magengegend, ein sehnsüchtiger Lufthauch in meinen Nackenhaaren. Sofort stand ich auf und ging zum Fenster. Es wurde zusehends dunkler, die Bäume des Waldes zeichneten sich als schwarze Schattenwand gegen den dunkelblauen Himmel ab. Von irgendwo da draußen kam der Ruf, der nun immer stärker wurde.

»Ich komme«, sagte ich zu mir selbst. So wie ich war, mit Jeans und einem dünnen T-Shirt bekleidet, lief ich aus dem Zimmer. Jetzt hatte ich noch etwas vernommen, ein Flehen, eine Stimme, die nach mir rief. Und jetzt wurde mir auch bewusst, warum ich mich dem nicht widersetzen konnte.

Es war Robertos Stimme.

Ich rannte ins Freie, auf den Waldrand zu. Zwischen den Bäumen war es stockfinster, doch ich kannte den Weg zum Weiher mittlerweile so gut, dass ich ihm auch blind folgen konnte. Je tiefer ich in den Wald lief, desto stärker wurde das Ziehen in meiner Magengegend. Ich erreichte den Weiher, doch die Stimme leitete mich nicht am Ostufer zum Bootshaus, wie ich es vermutet hatte, sondern den Weg entlang, der nach Westen führte. Als ich die Wiese überquert hatte und an der Stelle vorbeikam, wo ich Georg geküsst hatte, sah ich zwischen den Bäumen einen Lichtschein, gegen den sich der Umriss eines Mannes abzeichnete.

Sofort trat ich hinter einen Baum.

Ich spähte vorsichtig um die Ecke. Der Mann hatte mich nicht gesehen. Er schien hoch konzentriert in den Lichtschein zu blicken. Ich wagte mich einige Meter nach vorn. Jetzt erkannte ich ihn. Es war Gabor. Er hielt seinen Ultraschall-Apparat ausgestreckt in die Höhe. Zwischen den Armen des Geräts flog ein Schwarm Glühwürmchen herum, der ein grünes Schimmern auf Gabors Gesichtszüge warf. Der Schwarm bewegte sich langsam den Weg entlang und Gabor folgte ihm wie ein Schlafwandler. Auf dem Rücken trug er seinen Rucksack. Ich huschte am Wegesrand von Baumstamm zu Baumstamm und folgte ihm unbemerkt. Je näher ich der grünen Wolke aus Licht kam, desto stärker spürte ich, dass der geheimnisvolle Ruf von den Leuchtkäfern ausging. Minutenlang wanderten wir so durch die Nacht, Gabor vorneweg und ich, in sicherem Abstand, hinterher. Wir gelangten an eine Weggabelung. Ein kleiner Pfad bog nach links ab und stieg leicht an. Die Glühwürmchen führten uns zur Theresenkapelle – zu Lindas Grab!

Kurz darauf trat Gabor aus dem Wald heraus. Ich blieb im Schutz der Bäume zurück. Ich hatte recht gehabt, die kleine Kapelle lag auf der Anhöhe vor uns. Gabor folgte den Glühwürmchen auf den Friedhof. Das Quietschen des eisernen Tors durchschnitt die nächtliche Stille wie ein Messer. Ich wagte mich aus meinem Versteck heraus und schlich zu der Mauer, die den Friedhof umgab. Gabor lief zwischen den Grabmalen hindurch. Auf einmal blieb er stehen. Er studierte das Pulsieren des Glühwürmchenschwarms einige Sekunden lang, dann drückte er einen Knopf auf seinem Gerät und senkte es. Einen Augenblick schwebte die Insektenwolke auf der Stelle, dann lösten sich einige der Lichtpunkte und flogen in Zickzacklinien auf Lindas Grab zu. Wie ein langsames Feuerwerk zerstob die Wolke und die restlichen Käfer folgten ihren Artgenossen. Gabor lief die Reihen der Grabsteine entlang und kniete sich vor Lindas Grab, über dem nun die grüne Wolke schwebte. Er öffnete seinen Rucksack. Ich konnte nicht erkennen, was er hervorholte, erst als er aufstand, sah ich, was es war. Er hielt eine Schaufel in der Hand, die er mit aller Kraft in die schwarze Erde trieb.

»Gabor, nicht!«

Ich lief durch das Tor. Gabor schreckte zusammen und drehte sich zu mir um.

»Was tust du?«, rief ich.

»Ich habe das Nest gefunden«, antwortete er atemlos. »Ich muss die Königin freilegen.«

Mitten auf dem Weg blieb ich stehen. Das Rufen, das bis jetzt nur ein leiser Hauch gewesen war, wuchs zu einem vielstimmigen Wispern heran. Im selben Moment begann sich die Erde auf Lindas Grab zu bewegen. Gabor hatte es nicht bemerkt, da er mich immer noch anstarrte. Wo die Schaufel im Boden steckte, kam etwas aus dem Erdreich, zappelnde Beine und Fühler, sirrende Flügel, die sich in die Luft erhoben, eine ganze Armee Glühwürmchen, die an Gabors Schaufel emporkrabbelte und ihn von oben bis unten einhüllte. Gabor ließ entsetzt die Schaufel fallen und schlug um sich, doch das versetzte die Insekten nur noch mehr in Rage. Ein böses Surren ertönte, das in meinem Kopf als vielstimmiger Chor widerhallte. Ich lief auf Gabor zu, der sich die Hände vor die Augen schlug und schrie, doch sein Schrei wandelte sich zu einem grauenhaften Röcheln, als die Käfer in seinen geöffneten Mund flogen. Ich versuchte, ihn mit aller Kraft von dem Grab wegzuziehen, doch er war schon leblos zusammengesackt und so schwer, dass ich ihn keinen Millimeter bewegen konnte. Das Flüstern in meinem Kopf wuchs an … und war auf einmal verstummt. Die Käfer, die immer noch um Gabors reglosen Körper schwebten, ließen sich auf dem Boden und den umliegenden Grabsteinen nieder. Der Friedhof sah aus wie eine Stadt, die man nachts aus dem Flugzeug sieht – überall waren kleine Lichtpunkte verteilt, die die Konturen der Umgebung nachzeichneten.

»Alma.«

Es war Robertos Stimme.

»Alma.«

Ich trat an Lindas Grab.

»Alma.«

»Roberto«, antwortete ich.

Ein Schmerz in meiner Magengegend, ein Hitzeschwall, der durch meinen Körper floss, und dann spürte ich *sie.* Und jetzt verstand ich. Die Königin, die Gabor gesucht hatte. Sie war nicht in dem Grab.

Sie war die ganze Zeit *in mir* gewesen.

Mir wurde schwarz vor Augen.

11

Der Boden ist rau und feucht. Mir ist kalt. Ich öffne langsam die Augen. Vor mir ragt eine verchromte Metallstange aus dem Boden. Ich sehe nach oben. Leuchtstoffröhren sind in die hölzerne Decke eingelassen. Ich kenne diese Decke. Ich setze mich auf. Ich befinde mich auf dem Sprungturm im Hallenbad. Die Metallstange ist Teil des Geländers. Ich trage meinen Badeanzug. Meine Haut ist nass, als wäre ich gerade aus dem Wasser gestiegen.

»Alma!«

Ich drehe mich um.

Roberto fällt mir um den Hals.

»Alma! Du bist gekommen! Du bist es wirklich! Ich habe dich so vermisst!«

»Roberto!«

Ich schließe meinen Bruder in die Arme. Ich genieße einfach diesen Moment, ohne mich zu fragen, wo ich mich befinde und wie ich hierhergekommen bin.

Kurz darauf lässt er mich los.

»Es tut mir leid«, sagt er und senkt den Kopf.

»Was meint du?«

»*Sie* … *sie* hat mir gesagt, dass ich dich noch einmal sehen darf, wenn … wenn ich dich rufe.«

»*Sie?*«

»Das andere Mädchen.«

»Ich verstehe nicht.«

»Ich war so allein. Ich hab gesehen, wie du geweint hast, Alma. An dem Tag, als ich den Unfall hatte. Ich war hier im Schwimmbad. Ich wollte dich nicht alleinlassen. Irgendwann war dieses

Mädchen da. Linda. Sie hat mir versprochen, dass ich dich noch einmal sehen darf. Für einen Tag. Wenn ich dich rufe.«

»›Ella perdió su caballito del diablo.‹ *Sie hat ihre Libelle verloren.* Das warst wirklich du?«

»Ja.«

Roberto sieht mich ängstlich an.

»Habe ich was falsch gemacht?«

Ich drücke ihn fest.

»Nein. Nein, hast du nicht. Ich bin froh, dass ich bei dir bin.«

Ich zucke zusammen.

»Alma, was ist?«

Ich starre mit weit aufgerissenen Augen ins Leere.

»Es ist Linda. Sie ist aufgewacht.«

Ich liege auf der kalten Erde. Alle Glieder tun mir weh. Langsam stehe ich auf. Ihre Beine sind etwas kürzer als meine. Es ist ein unangenehmes Gefühl, als hätte ich die Kleidung von jemand anderem an, die mir vorn und hinten nicht passt. Ich atme ein paar Mal tief ein. Frische Luft! Es ist gut, die Kontrolle wiederzuhaben. Alma, meine arme, naive Alma, jetzt wirst du sehen, wie es ist, wenn man auf dem Rücksitz mitfährt und jemand anders das Steuer in der Hand hat. Schnall dich gut an. Ich zeige dir, wie man Menschen dazu bringt, das zu tun, was man will. Erst mal schaffen wir diesen Grabschänder hier weg oder das, was meine Licurici von ihm übrig gelassen haben.

»Ich kann sie fühlen, Roberto. Ich kann sie sehen.«

Ein Teil von mir ist hier im Hallenbad, doch ich spüre, dass mein Körper noch immer da draußen auf dem Friedhof ist. Ich sehe die großen Fensterscheiben des Schwimmbads, doch gleichzeitig sehe ich, wie Linda – wie ich – Gabors Handgelenke packt und ihn über den Pfad in Richtung Kapelle schleift. Linda stößt die Tür auf und lässt Gabor zwischen den Kirchenbänken im Mittelgang liegen. Ich ahne, dass der Ort, an dem ich mich befinde, nicht das Hallenbad ist, in dem ich damals Robertos Geist gesehen habe. Es ist ein Ort in mir, in meinem Bewusstsein, in meiner Seele, an den Linda mich verbannt hat.

»Ich muss hier raus!«

Ich springe auf, ohne daran zu denken, dass ich mich auf einem zehn Meter hohen Sprungturm befinde.

»Pass auf, Alma!«

Doch es ist zu spät. Ich verliere das Gleichgewicht und taumle auf den Abgrund zu, der sich vor mir auftut. Irgendwie bekomme ich das Geländer zu fassen und klammere mich daran fest. Ein Schweißtropfen löst sich von meiner Stirn und fällt in die Tiefe. Jetzt erst bemerke ich, dass in dem Becken unter mir kein Wasser ist. Mich durchzuckt ein Gedanke: Kann ich hier drinnen sterben? Und was würde dann mit mir, mit der Alma da draußen, passieren?

»Es hat keinen Sinn, Alma.«

Roberto sieht mich mit seinen traurigen Augen an. Ich setze mich zu ihm.

»Bleib ein bisschen bei mir, ja?«

Der flehende Ton in seiner Stimme zerreißt mir das Herz.

»Natürlich bleibe ich.«

»Ich hab dich so vermisst.«

»Ich dich auch.«

Irgendwo da draußen verlässt Linda den Friedhof.

Meine Zeit verrinnt. Obwohl dieser Tag noch jung ist, ahne ich, dass es mein letzter auf dieser Erde sein wird. Die Macht der Licurici währt nicht lange. Ich muss mich beeilen, muss jede Minute nutzen, muss meinen Mörder finden. Georg weiß mehr darüber, als dieses dumme Mädchen aus ihm herausbekommen hat. Und was ist mit diesem Förster, Brasse? Als meine Licurici von dem Hund Besitz ergriffen, brachte ich ihn dazu, meinen Duft zu wittern. Er grub hinter der Hütte des Försters meine Kleider aus, die der Mörder dort wohl vergraben hatte. Doch als er zu bellen begann, erschlug ihn jemand. Diesem Brasse würde ich es zutrauen.

Aber bevor ich mich meiner Aufgabe widme, muss ich noch etwas anderes tun.

»Warst das wirklich du, an dem Tag im Hallenbad?«

Roberto nickt.

»Mein Ball ist mir runtergefallen. Ich bin hinterher, zwischen den parkenden Autos durch. Mama hatte mir tausend Mal gesagt, dass ich das nicht machen soll, aber den Ball hat mir doch Papa geschenkt und ich wollte nicht, dass er kaputtgeht. Ich habe das Auto nicht gesehen und plötzlich lag ich auf der Straße. Es hat gar nicht wehgetan. Ich hab dann aber Angst gekriegt und mir gewünscht, bei dir zu sein. Wenn ich bei dir war, hatte ich nie Angst.«

Wir sitzen immer noch auf dem Sprungturm. Ich halte Roberto im Arm.

»Dann … dann war da so eine Tür. Es ist schwer zu beschreiben. Ich sollte da durch, aber ich wollte nicht. Ich hatte solche Angst, ich wollte bei dir bleiben, Alma. Und dann habe ich dich gesehen, hier im Schwimmbad. Ich habe dir gewunken, zum Abschied. Dann bin ich durch die Tür gegangen. Was dann passiert ist, weiß ich nicht mehr genau, aber irgendwann war da dieses Mädchen und sie hat mir versprochen, dass sie mich zu dir bringt, wenn ich ihr zeige, durch welche Tür ich gekommen bin. Es war dunkel und ich konnte den Rückweg nicht mehr finden, doch sie hatte ein Licht dabei, ein kleines grünes Licht, mit dem wir den Weg gefunden haben.«

»Ein Glühwürmchen.«

»Ja. Habe ich einen Fehler gemacht?«
»Nein. Ich bin froh, dass du hier bist.«
»Aber dieses Mädchen ist jetzt da draußen, *in dir*.«
»Ja.«
»Was ist, wenn sie dir wehtut?«
»Ich weiß es nicht.«

Es sind dieselben alten Geräusche, die mir entgegenschlagen, derselbe Duft. Wie sehr wollte ich diesem Ort entkommen und wie sehr freue ich mich jetzt, ihn wieder zu betreten. Ich laufe zwischen den Buden hindurch, links an der Geisterbahn vorbei – und dort steht er. Mein Vater. Er überreicht einem Jungen einen Gewinn. Ob die Leute sich nach mir umdrehen? Das merkwürdige Mädchen, das die Schießbude beobachtet und flennt wie ein Schlosshund?

Papa, Papa, was hast du getan? Ich weiß, dass dir mein Tod das Herz zerrissen hat, aber warum hast du mir das angetan? Mich so verflucht? Deiner eigenen Tochter die Licurici verabreicht? Hast du nicht gewusst, welche Qualen es bedeutet, aus der Totenruhe herausgerissen zu werden? Tief unter der Erde neu zu wachsen, in dieser grausamen Form? Als krabbelnder Haufen? Als Ungeziefer? Nein, Papa, das kannst du nicht gewusst haben, das hättest du deiner Tochter nie angetan. Sonst müsste ich dich dafür hassen, was du aus mir gemacht hast, und das kann ich nicht. Ich sollte dir sagen, dass alles gut ist, dass ich meinen Frieden finden werde, aber das kann ich nicht. Ich bringe es nicht übers Herz, dir in die Augen zu sehen. Ich liebe dich, Papa. Aber jetzt muss ich gehen. Was ich jetzt tue, tue ich für dich.

Ich laufe an der Schießbude vorbei und zwischen den Ständen hindurch zu den Wohnwagen. Nachdem ich mich kurz vergewissert habe, dass mich niemand beobachtet, öffne ich die Tür zu dem Wagen, der so lange mein Zuhause war. Wieder schießen mir Trä-

nen in die Augen, als mir der Geruch entgegenschlägt. Ich kann mich nicht mit Erinnerungen aufhalten, obwohl ich mich am liebsten auf mein Bett werfen und meinen Kopf im Kissen vergraben würde. Ich laufe zum Kühlschrank, öffne ihn und nehme das Fläschchen mit den Licurici heraus. Papa wird wissen, dass ich da war. Und jetzt raus hier, bevor mein Herz zerspringt. Auf dem Weg nach draußen nehme ich einen Block und einen Kugelschreiber mit, die auf dem Küchentisch liegen.

»Alma, was ist mit dir?«

»Es ist Linda. Sie ist auf der Suche nach Georg.«

Ich genieße die Sonne auf meinem Gesicht. Am liebsten würde ich mich hier an den Waldrand setzen und einfach nur den herrlichen Sonnenschein auskosten. Aber ich kann die Zeit, die mir bleibt, nicht so vertrödeln. Dafür habe ich zu sehr gelitten.

Da kommt einer von Georgs Freunden. Ich glaube, es ist Oliver. Zeit, meinen Plan in die Tat umzusetzen.

»Hey, Oliver!«

»Alma, wie geht's?«

»Kannst du mir einen Gefallen tun?«

»Klar.«

»Kannst du Georg das hier von mir geben?«

Ich händige ihm den Brief aus, den ich vorbereitet habe.

»Kein Problem.«

»Aber nicht öffnen.«

»Großes Ehrenwort.«

»Danke.«

Wir verabschieden uns und Oliver biegt in den Pfad zu Brasses Hütte ein. Ich warte eine Minute, dann folge ich ihm. Ich halte einige Meter Abstand und bewege mich im Unterholz. Als die Hütte am Waldrand auftaucht, pirsche ich ums Haus und be-

obachte durch die Fenster, was im Wohnzimmer geschieht. Oliver kommt herein. Feierlich, mit viel Tamtam überreicht er den Brief. Gut. Brasse horcht auf. Die Neugier ist ihm ins Gesicht geschrieben. Georg überfliegt meine Zeilen:

Ich muss seit gestern am Weiher ständig an dich denken.
Ich möchte dich wiedersehen.
Allein.
Heute Abend um elf im Bootshaus.
Alma.

Er lächelt zufrieden. Erstaunlich, wie schnell Männer sich für unwiderstehlich halten, wenn man ihnen ein bisschen schmeichelt. Die anderen johlen. Sie drängen ihn dazu, den Inhalt vorzulesen. Georg gibt nach. Großes Gelächter. Eindeutige Gesten.

Mir ist nur eins wichtig. Ich bin mir sicher, dass der Mörder in diesem Raum ist. Und er weiß jetzt, dass ich mich heute Nacht mit Georg treffe. Vielleicht ist es Georg selbst.

Eine Sache muss ich noch tun, bevor ich gehe. Ich grabe ein Loch hinter dem Holzstoß, öffne den Deckel des Fläschchens und lege die restlichen Licurici hinein. Dann mache ich das Loch wieder zu.

Dies ist nun ein verfluchter Ort.

Draußen wird es dunkel. Die großen Fenster des Hallenbads verwandeln sich in schwarze Rechtecke. Ich versuche, mein Bewusstsein von Lindas abzukoppeln.

Roberto und ich haben lange geredet. Über Mama und Papa, was passiert ist, nachdem er nicht mehr da war.

»Sag ihnen, dass ich sie vermisse.«

»Das kann ich nicht machen. Mama würde mich für verrückt erklären. Und Papa ist weg.«

»Sag es Mama im Schlaf. Und schreib Papa. Er vermisst dich.«
»Woher weißt du das? Hast du ihn auch gesehen?«
»Nein. Ich weiß es einfach.«
»Roberto?«
»Ja?«
»Gibt es keine Möglichkeit, dass du zurückkehrst?«
»Nein.«
»Aber wieso kann ich dann mit dir reden, als wäre nichts passiert?«
»Ich muss dir etwas beichten.«
»Was?«
»Ich bin nicht Roberto.«

Mein letzter Abend bricht an. Die Sterne spiegeln sich im Weiher. Ich schlage den Weg zum Bootshaus ein.

Ich springe auf.
»*Wer* bist du dann?«
»Ich bin nicht der ganze Roberto. Ich bin nur ein Teil.«
»Ich verstehe dich nicht.«
»Ich bin der Teil, an den du dich erinnerst.«

Der überwucherte Pfad liegt vor mir. Schritt für Schritt gehe ich auf das Bootshaus zu. Merkwürdig, ich bin tot, aber mir ist trotzdem unheimlich zumute. Ich öffne die Tür und trete ein. Die Bretter ächzen unter meinen Schritten. Ich gehe den Steg entlang und setze mich ans Ende. Lass mich nicht warten, Georg.

»Sie ist im Bootshaus.«

Es klopft an der Tür. Ich lächle.

»Georg ist da.«

»Alma, hab keine Angst.«

Ich stehe auf und drehe mich zu ihm um.

»Hi«, sage ich schüchtern. Ich sehe, dass er sich ein frisches Hemd angezogen hat, und er riecht nach Aftershave. Georg, Georg, du wirst doch keine unehrenhaften Absichten hegen? Ich gehe einige Schritte auf ihn zu.

»Ist der Blick nicht herrlich?«, frage ich.

»Ja, das ist er.«

Ich blicke auf den Weiher hinaus.

Georg umschlingt mich mit seinen Armen und küsst meinen Hals.

Ich schließe die Augen.

»Georg«, hauche ich. Vom Wasser her höre ich ein Plätschern. Ob der Großwildjäger sich wieder mit seiner Kamera auf die Lauer gelegt hat? Gut. Dann soll die Vorstellung beginnen. Ich drehe mich zu Georg um.

»Georg … Georg …«, hauche ich.

»Alma …«

Seine Hand verschwindet unter meinem T-Shirt.

Pass gut auf, Alma, manchmal muss man nur im richtigen Moment die richtige Frage stellen.

»Georg … hast du Linda Alexandrescu umgebracht?«

Meine Frage hat den gewünschten Effekt. Georg zieht seine Hand zurück und sieht mich mit weit aufgerissenen Augen an. Er beginnt zu stottern.

»Nein … wie … wie kommst du darauf?«

»Du warst es, nicht war?«

Ich lasse die Maske des unschuldigen Mädchens fallen und lege meinen ganzen Hass in meine Stimme und in meinen Blick.

»Du warst es! Als sie dir gesagt hat, dass sie schwanger ist, hast

du kurzen Prozess gemacht. Um dich zu schützen. Damit sich die Leute nicht das Maul über dich zerreißen.«

Georg ist kreidebleich.

»Ich war es nicht«, stammelt er kleinlaut.

»Wer sonst soll es gewesen sein?«

»Ich war es«, sagt eine Stimme.

»Alma, was ist los?«

»Der Mörder ist gekommen.«

Ich drehe mich um.

Lukas steht in der Tür.

»Du?«, flüstert Georg ungläubig.

»Ich habe Linda getötet. Ich habe dein Problem beseitigt. Das ist das Mindeste, was ein Freund für den anderen tun kann.«

»Ich habe sie geliebt.«

Lukas lacht.

»Du hast mit ihr gespielt. Sobald es problematisch wurde, hast du sie im Stich gelassen. Aber wofür hat man Freunde …«

Lukas sieht mich an.

»Ich werde das nicht noch einmal zulassen. Ich werde nicht zulassen, dass sich jemand zwischen uns stellt.«

Mit langsamen Schritten kommt er näher.

»Was hast du vor?«, fragt Georg mit zitternder Stimme.

»Sie weiß, was mit Linda passiert ist. Sie wird reden. Was, glaubst du, wird das für unsere Gruppe bedeuten? Wir hängen alle mit drin. Ich, du, Brasse und die anderen. Alle haben etwas gewusst oder zumindest geahnt.«

»Aber du kannst doch nicht …«, setzt Georg kleinlaut an.

»Doch«, antwortet Lukas, »ich bin der Einzige, der es kann. Es ist besser, du gehst jetzt.«

Georg will etwas erwidern, doch ein Blick in Lukas' Gesicht reicht, um ihn davon abzubringen. Er sieht mir nicht in die Augen. Er geht, überlässt mich einem Mörder.

Lukas kommt auf mich zu.

»Ich habe dir gesagt, du sollst Georg in Ruhe lassen.«

Ich will einen Schritt zurückgehen, doch in letzter Sekunde erinnere ich mich, dass ich am Ende des Bootsstegs stehe.

Lukas packt zu. Seine Hände schließen sich um meinen Hals.

»Roberto, ich bekomme keine Luft mehr!«

Ich röchle. Meine Luftröhre hat den Durchmesser eines Strohhalms angenommen.

»Alma! Ich bin bei dir.«

Lukas drückt mit aller Kraft zu. Sein Gesicht ist vor Anstrengung zu einer Grimasse verzerrt.

»Grüß mir die Fische«, ächzt er.

Es tut weh.

»Es tut so weh.«

Mir wird …

… schwarz vor Augen. Ich fühlte eine Wärme in meinem Bauch. Sie ballte sich zu einem riesigen heißen Klumpen zusammen und bahnte sich ihren Weg nach oben. Ich sackte zusammen. Im gleichen Augenblick kam es aus mir heraus – ein Schwarm aus grünem Feuer. Die Glühwürmchen. Wie ein Feuerspucker spie ich die grünen Käfer aus meinem Rachen.

Lukas ließ überrascht von mir ab. Er schlug wild mit den Händen um sich und flüchtete in Richtung Tür. Doch die Leuchtkäfer waren schneller. Wie ein Geschwader Kampfflugzeuge stießen sie auf ihn herab. Sie bohrten sich in seine Nase, seine Ohren und seinen Mund. Als sie sich in sein Hirn gruben, entstand eine Art Verbindung zu mir. Ein letztes Mal erfuhr ich in diesem Sommer die telepathische Wirkung der Käfer. Sie verschmolzen Lindas, Lukas' und meine Gedanken und Erinnerungen zu einem einzigen Bewusstsein – eine Brücke zwischen einer Toten, einer Lebenden und einem, der sich auf dem Weg dazwischen befand. Ich sah Lindas Leben, ihre Kindheit in ärmlichen Verhältnissen, den Tod ihrer Mutter, die ewigen Reisen, die ständigen Schulwechsel, feindselige Mitschüler und trotzdem biss sie sich immer wieder durch. Und ich wusste, dass sie in diesem kurzen Augenblick auch mein Leben sah. Doch es waren Lukas' Erinnerungen, die mich am meisten schockierten. Sie kamen aus dem tiefsten Keller seiner Seele und das war kein Aufbewahrungsort lieb gewonnener Erinnerungsstücke, es war ein dunkles Verlies, in dem die grausigen Monster seiner fürchterlichen Kindheit hausten:

Ich höre ihre Stimmen. Die beschwichtigende, sanfte Stimme meiner Mutter, die lauten, gelallten Worte meines Vaters. Er brüllt sie an, wie er es immer tut. Dann ein Knall und das Geräusch von berstendem Glas. Meine Mutter verstummt. Ich höre Schritte auf der Treppe, ein unregelmäßiges Stampfen. Die Tür meines Zimmers wird aufgerissen und die Silhouette meines Vaters zeichnet sich gegen das Licht im Türrahmen ab. Ich stelle mich schlafend, stelle mich tot, obwohl ich weiß, dass es keinen Sinn hat. Mein Vater ist zu betrunken, um es zu bemerken. Er schaltet das Licht an und zieht die Decke vom Bett.

»Los, aufstehen, du Taugenichts.«

Vergeblich drücke ich die Augenlider zu. Er ergreift mein Handgelenk und zieht mich aus dem Bett. Ich schreie vor Angst.

»Hör auf, zu quietschen wie ein Schwein. Ich zeige dir jetzt, was es heißt, ein Mann zu sein.«

Er treibt mich vor sich her die Treppe hinunter. Als ich an der

Küche vorbeikomme, sehe ich meine Mutter auf dem Boden knien. Ihr Gesicht ist rot und angeschwollen. Sie sammelt Scherben vom Küchenboden auf. Der Tisch liegt wie ein totes Tier auf der Seite. Ich werfe ihr einen flehenden Blick zu, doch sie wendet sich ab.

»Hinaus mit dir!«

Mein Vater gibt mir einen Schubs ins Kreuz. Ich stolpere durch die offene Haustür nach draußen. Mich fröstelt. Ich bin nur mit einem dünnen Schlafanzug bekleidet. Mein Vater führt mich hinters Haus. Sein Schatten kommt mir im Mondlicht vor wie der eines Riesen. Ich laufe barfuß und die Kälte steigt an meinen Beinen hoch.

»Öffne den Käfig.«

An der Hauswand steht der hölzerne Stall, in dem Flocke und Trixi, meine Kaninchen, untergebracht sind. Sie hoppeln aufgeregt herum. Ich schüttle den Kopf.

»Dann tu ich es eben.«

Er öffnet den mit Maschendraht bespannten Türrahmen und ergreift Flocke am Nackenfell.

»Willst du ein Leben lang ein Muttersöhnchen bleiben? Ich mache einen harten Burschen aus dir. Du willst doch einer werden, oder?«

Ich nicke ängstlich.

»Und spielen harte Burschen mit Kaninchen?«

Ich schaffe es nicht, den Kopf zu schütteln.

»Ich habe dich was gefragt!«, brüllt er.

»N…nein«, stammle ich.

»Na also.«

Lächelnd zieht er etwas aus seiner Hosentasche. Es ist sein Klappmesser. Flocke beginnt, mit den Hinterläufen in der Luft zu treten, als wisse sie, was jetzt kommt. Mein Vater setzt ihr das Messer an die Kehle. Ich halte mir die Hände vors Gesicht.

»Sieh her, sonst bist du der Nächste!«

Zitternd lasse ich meine Hände sinken. Flocke windet sich im Mondlicht. Mit einer schnellen Bewegung durchtrennt die Klinge ihren Hals. Das Geräusch durchfährt mich wie ein Schmerz. Es klingt, als würde jemand eine Naht auftrennen. Blut quillt aus der Wunde und läuft über die Hand meines Vaters. Mir wird übel. Achtlos wirft er den Kadaver zu Boden. Und dann sagt er die Worte, vor denen ich mich so gefürchtet habe:

»Und jetzt du.«

Ich heule und winsle und schüttle den Kopf. Doch mein Vater bemerkt es gar nicht. Er packt Trixi an den Ohren und hebt sie aus dem Käfig.

»Nimm.«

Ich bin gelähmt vor Angst.

»Nimm!«, brüllt er und ich weiß, dass ich keine andere Wahl habe. Ich nehme das zappelnde Kaninchen in meine Arme.

»Hier.«

Er hält mir das blutbefleckte Messer hin. Ich nehme es, es liegt schwer in meiner Hand. Ich fühle Trixis weiches Fell, ihren warmen Körper an meinem. Ich weiß, dass ich es nicht tun kann. Doch das muss ich gar nicht. Mein Vater umschließt meine Hand und treibt die Klinge tief in Trixis Hals. Das Tier bäumt sich ein letztes Mal auf. Ich fühle ihre letzten Atemzüge, fühle, wie sie schwächer wird. Eine Mischung aus Ekel und Hass steigt in mir hoch, doch da ist noch etwas anderes, ein Gefühl der Macht, der Stärke. Ich habe ein Leben beendet. Ich sehe zu meinem Vater auf, doch er ist nicht mehr da. Ich bin allein, ein totes Kaninchen im Arm, eins zu meinen Füßen.

Ich liege auf dem Boden. Dreck klebt in meinem Gesicht. Meine Rippen glühen vor Schmerz. Ich versuche aufzustehen, doch sobald ich mich hochgerappelt habe, schubst Richard mich wieder zu Boden.

»Bleib liegen, Hosenpisser!«

Ich schäme mich so, als ich die Wärme in meiner Unterhose spüre. Sie haben recht, mich so zu behandeln. Ich bin ein Schwein. Plötzlich wird Richard von der Seite angerempelt.

»Hör auf! Hör auf, ihn zu schlagen! Er hat dir schließlich nichts getan!«

Es ist der Neue, der erst gestern in unsere Klasse gekommen ist. Niemand anderes würde es wagen, sich mit Richard anzulegen. Richard grinst blöd, aber er zieht ab.

Der Neue beugt sich zu mir herunter und streckt seine Hand aus.

»Ich heiße Georg.«

Ich will es nicht. Aber es ist in mir. Wie ein Tier, das gefüttert werden muss. Ich habe wieder von Trixi geträumt, von ihren letzten Zuckungen in meinen Armen. Von der Macht, die ich dabei gespürt habe. Ich will sie wieder spüren, diese Macht.

Ich ziehe mich an, schleiche die Treppe hinunter und hole mein Fahrrad aus dem Schuppen. Es dauert eine halbe Stunde, bis ich am Waldrand angekommen bin. Ich kontrolliere die Falle, die ich gebaut habe, ein Loch, das mit dünnen Zweigen und einer Schicht Blätter bedeckt ist. Ich habe Glück, ein ausgewachsener Hase ist hineingefallen. Normalerweise fange ich bloß Eichhörnchen oder Marder. Ich ziehe das Messer meines Vaters aus der Hosentasche und packe den Hasen an den Löffeln. Er tritt mit seinen großen Läufen um sich. Ich setze die Klinge an, schließe die Augen und genieße den wohligen Schauer, der mich überkommt, als der Hase stirbt. Den Kadaver werfe ich wieder in das Loch und schütte es zu.

Das Hochgefühl vergeht und weicht dem Hass gegen mich selbst. Mein Vater hatte recht. Ich bin wertlos.

Georg stellt mich seinen Freunden Marco und Oliver vor. Wir treffen uns in der Hütte von diesem Förster. Ich kenne ihn vom Sehen. Bierflaschen werden herumgereicht. Ich bekomme auch eine. Es ist mein erstes Bier. Wir stoßen an. Ich gehöre zum ersten Mal in meinem Leben irgendwo dazu. Der Förster verspricht, dass er uns morgen auf die Jagd mitnimmt.

Gebannt halten wir den Atem an. Brasse hat sein Gewehr angesetzt und späht durch das Zielfernrohr. Das Reh hat uns noch nicht bemerkt, doch das kleinste Geräusch würde uns verraten. Brasse drückt den Abzug. Ein Schuss hallt durch den Wald. Das Reh macht kehrt, beginnt zu humpeln und fällt ins Gras. Wir nähern uns vorsichtig, fast ehrfürchtig. Das Einschussloch ist nicht größer als das Brandloch einer Zigarette. Das Tier lebt noch.

»Das war der einfache Teil«, sagt Brasse und zückt sein Jagdmesser. Die gezackte Klinge blitzt in der Sonne auf.

»Wer traut sich, es von seinen Qualen zu erlösen?«

Georg, Marco und Oliver rühren sich nicht. Ich trete vor. Mit Genugtuung registriere ich Georgs Überraschung. Brasse gibt mir das Messer. Ich knie mich hinter das Reh, hebe seinen Kopf an und schneide seine Kehle durch. Dabei achte ich darauf, meine Augen nicht zu schließen. Ich will ihnen nicht zeigen, wie erregt ich bin. Ich stehe auf. Brasse nimmt das Messer an sich.

»Sieht aus, als sei doch ein richtiger Mann unter euch.«

In Georgs Gesichtsausdruck lese ich eine Mischung aus Respekt und Bewunderung.

Ich besuche Georg zu Hause. Er ist ganz anders als sonst. So ungeduldig und abweisend, als wolle er mich loswerden.

»Ich muss heute Abend meine Eltern vom Bahnhof abholen«, gibt er schließlich vor.

Doch Georg ist kein guter Lügner. Ich merke, dass er mich los-

werden will. Also verstecke ich mich in der Nähe des Hauses und warte. Am späten Nachmittag kommt Georg aus dem Haus und steigt in sein Auto. Ich folge ihm auf meinem Fahrrad. Ich verliere ihn aus den Augen, doch als ich das Dorf erreiche, entdecke ich seinen Wagen. Er hat ihn am Straßenrand, neben der Auffahrt zum Hof der Geißbergers, abgestellt. Ich sehe, wie Georg auf den Wald zugeht. Ich folge ihm. Als der Weiher vor uns auftaucht, läuft Georg am Ostufer entlang, bis er zu einem überwucherten Pfad kommt. Am Ende des Weges steht das alte Bootshaus. Er öffnet die Tür und tritt ein. Durch eine Ritze in der Tür beobachte ich, was sich drinnen abspielt. Ein Mädchen wartet dort auf ihn. Es ist die Kleine vom Jahrmarkt. Sie küssen sich und halten Händchen. Ich bin von ohnmächtiger Wut erfüllt. Ich lasse mir Georg nicht wegnehmen!

In dieser Nacht müssen drei Tiere dran glauben, aber das Gefühl der Befriedigung stellt sich nicht ein.

Am nächsten Abend verstecke ich mich in der Nähe des Bootshauses. Doch ich habe Pech, ich warte zwei Nächte vergeblich, bis das Mädchen wieder auftaucht. Georg kommt kurze Zeit später. Ich beobachte, wie sie miteinander schlafen. Meine Einsamkeit frisst mich auf.

Ich sitze mit Georg am Weiher. Er nimmt einen flachen Kiesel, wiegt ihn kurz in der Hand und lässt ihn dann über das Wasser fliegen. Er hüpft fünfmal auf der Oberfläche, bevor er untergeht.

»Kann ich dir was anvertrauen?«

Ich werfe einen Stein. Er setzt sechsmal auf.

»Klar.«

»Linda … also … wir haben … Sie ist schwanger.«

Ich sehe Georg an.

»Was willst du tun?«

»Ich will, dass sie es wegmachen lässt. Aber sie weigert sich.«

Ich hebe einen weiteren Stein auf. ›Linda ist schwanger.‹ Das sind die schönsten Worte, die ich seit Langem gehört habe. Georg braucht mich. Und ich werde ihm helfen.

Ich schreibe in Georgs Namen einen Brief an das Mädchen. Sie wird kommen und ich werde warten. Dieses Mal werde ich jedoch nicht das Messer nehmen. Ich kann nicht riskieren, dass mich auch nur ein winziger Blutspritzer verrät. Ich werde es mit meinen bloßen Händen tun.

Linda sitzt am Ende des Stegs. Ich nähere mich lautlos an. Zu spät sieht sie meine verzerrte Spiegelung im Wasser. Bevor sie sich umdrehen kann, habe ich schon zugepackt. Ich drücke ihr die Luftröhre und die Halsschlagader ab. Sie windet sich. Sie kämpft. Das Gefühl der Euphorie, das ich empfinde, übertrifft alles, was ich bisher kannte. Ich spüre, wie das Leben aus ihr weicht. Sie sackt zusammen. Ich ziehe sie bis auf die Unterwäsche aus und lasse ihren toten Körper ins schwarze Wasser gleiten. Es soll aussehen, als sei sie schwimmen gegangen und dabei ertrunken. Ihre Kleidung will ich zuerst liegen lassen, doch dann nehme ich sie mit, als Andenken an diese Nacht, diese wundervolle Nacht.

Das Loch ist einen halben Meter tief. Nicht zu tief. Ich möchte meine Schätze immer in Reichweite haben. Ich stecke Lindas Kleider in eine Plastiktüte und will sie gerade in das Loch werfen, als jemand mir eine Hand auf die Schulter legt.

»Was zum Teufel …?«

Es ist Brasse.

Er reißt die Plastiktüte an sich und nimmt die Kleider heraus.

»Sind das …«

Er muss seinen Satz nicht beenden. Er weiß, wem diese Kleider gehören.

Er lächelt.

»Ich wusste es. An dem Tag, als du das Reh getötet hast, wusste ich es. Mit dir stimmt was nicht.«

Ich bin auf diesen Moment vorbereitet.

»Ich habe einen Vorschlag«, sage ich ruhig. »Du vergisst, was du hier gesehen hast, und legst ein gutes Wort bei deinem Schwager von der Polizei ein, dass er den Fall schnell begräbt.«

»Warum sollte ich das tun?«

»Sonst bekommt die Polizei das hier von mir.«

Ich ziehe ein Foto aus meiner Hosentasche. Es zeigt Linda, wie sie sich gerade am Weiher umzieht. Ihr Oberkörper ist nackt und sie versucht, ihn mit einer Hand zu verdecken.

»Das beweist gar nichts«, sagt Brasse.

»Nein, aber es reicht aus, um dich in Schwierigkeiten zu bringen. Mit der Labornummer und dem Datum auf der Rückseite kann man den Abzug ganz eindeutig dir zuordnen.«

Brasses Grinsen schmilzt.

»Und jetzt lass mich in Ruhe.«

Brasse dreht sich um und wird von der Nacht verschluckt.

Ein Jahr ist vergangen, seit das Mädchen durch meine Hände starb. Ich fühle, wie das Verlangen wieder in mir erwacht. Ich habe wieder angefangen, kleine Tiere zu töten, doch ich sehne mich nach dem Gefühl, das ich empfand, als ich Linda tötete. Ich wandere immer öfter in den Wald hinter Brasses Hütte und grabe Lindas Kleider aus.

Als ich an diesem Tag wieder zu dem Versteck laufe, höre ich schon von Weitem ein lautes Bellen. Ich nähere mich und entdecke mit Entsetzen, dass ein großer Hund Lindas Sachen ausgegraben hat. Er dreht mir den Kopf zu und sieht mich mit leuchtend grünen Augen an. Ich hebe einen dicken Ast vom Boden auf und gehe langsam auf ihn zu. Er scharrt weiter wie besessen in dem Erdloch, das er ausgehoben hat. Ich stelle mich hinter ihn, hebe den Ast und lasse ihn mit all meiner Kraft auf seinen Hinterkopf hinuntersausen. Ich spüre, wie seine Schädeldecke bricht. Sorgfältig vergrabe ich Lindas Kleider wieder. Den toten Hund bedecke ich mit einigen Blättern.

In der Nacht kehre ich mit einem Seil zurück. Ich ziehe den Kadaver zum Weiher, hieve ihn in eines der Ruderboote, die am Bootssteg vertäut sind, und rudere aufs Wasser hinaus. Ich binde das Seil an einem der Hinterbeine fest, beschwere es mit einem Stein und lasse den Hund über Bord gehen. Niemand wird ihn hier finden.

Georg hat eine Neue. Er hat sie zum Grillen eingeladen. Ich koche innerlich. Heimlich betrachte ich ihren Hals. Bevor ich einschlafe, stelle ich mir vor, wie meine Hände sich um ihn schließen und ich langsam zudrücke.

Abrupt endete die Reise durch Lukas' Erinnerungen. Mir wurde bewusst, wie einfach das Böse funktionierte. Jede Verletzung, jede Erniedrigung wurde an einen Schwächeren weitergegeben.

Das schrecklichste Bild, das ich aus dieser Nacht in Erinnerung habe, ist Lukas' zappelndes linkes Bein. Die Käfer wüteten unermüdlich auf, um und in Lukas' Körper. Er konnte gar nicht mehr am Leben sein, doch sein Bein hüpfte auf und ab, als würde es stepptanzen. Die Hinterleiber der Insekten glühten grün. Die, die sich in sein Gesicht gegraben hatten, leuchteten durch die Haut hindurch. Die Glühwürmchen brannten wie Feuer. Seine Haut wurde rot und warf Blasen. In kurzer Zeit stand Lukas' ganzer Körper in Flammen.

Plötzlich durchzuckte mich ein solcher Schreck, dass ich laut aufschrie. Lukas war nicht tot! Er sprang auf und öffnete den Mund, um zu schreien, doch außer einem kläglichen Winseln verließen nur einige brennende Glühwürmchen seinen Mund, dann rannte er blind in die Richtung, in der er die Tür vermutete. Er verfehlte sie um einige Zentimeter und kollidierte mit der Wand an der Stelle, wo die Sturmlaterne an ihrem Nagel hing. Sie fiel scheppernd zu Boden und das Petroleum ergoss sich über die Holzbretter. Lukas fiel in die Petroleumpfütze und verwandelte sich von einer Sekunde auf die nächste in eine lichterloh brennende Fackel. Er sprang in seiner Panik erneut auf und prallte gegen die nächste Wand. Überall im Raum bildeten sich kleine Brandherde, die sich in das trockene Holz fraßen und das Bootshaus mit beißendem Rauch füllten. Lukas war endgültig am Boden zusammengebrochen.

Der Ausgang war versperrt. Es gab nur eine Möglichkeit, den Flammen zu entkommen. Mit einem Satz sprang ich in das eiskalte schwarze Wasser des Weihers.

12

Einen friedlichen Moment lang war mein Kopf leer. Ich lag einfach da, im feuchten Gras, und sah zwei Ameisen zu, die vor meinem Auge über einen Halm wanderten, an dem, wie die Kristallkugel einer Wahrsagerin, ein großer Tautropfen klebte. Die Luft war kühl und die Laute des Weihers und des Waldes, das Rascheln der Blätter, das Glucksen des Wassers am Ufer, die Stimmen der Vögel und der Wind in den Zweigen, klangen klar und friedlich. Ich wollte die Eindrücke der letzten Nacht noch nicht zulassen. Für einen Augenblick wollte ich die Ruhe genießen. Es war der Brandgeruch, der mich jäh in die Realität zurückholte.

Ich stand auf und wischte mir die Wasserlinsen von der feuchten Kleidung. Ich war auf der Liegewiese zu mir gekommen, wo ich diesen Sommer so viele schöne Stunden verbracht hatte. Ein leichter Wind kräuselte das Wasser. Nur die Rauchsäule, die am Ostufer wie der Trichter eines Tornados in die Morgendämmerung stieg, störte die Idylle. Ich wandte mich ab und betrat den Kiesweg. Langsam beschleunigte ich meine Schritte, dann rannte ich, so schnell ich konnte. Es würde sicher nicht lange dauern, bis jemand den Rauch entdecken und Alarm schlagen würde. Atemlos kam ich am Waldrand an und wollte gerade die Wiese hinunter zum Bauernhof laufen, als mich ein lautes Geräusch zurück in den Wald trieb. Ein ohrenbetäubendes Knattern zerschnitt die Luft. Ein Hubschrauber jagte über das Blätterdach hinweg, sodass sich die Äste im Wind bogen und es Nadeln und Blätter regnete. Sie hatten den Rauch entdeckt. Ich lief zum Bauernhaus.

Ich stand unter der Dusche und ließ das heiße Wasser auf

mich hinabprasseln. Nach dem, was ich erlebt hatte, glaubte ich, dass ich mich nie wieder sauber fühlen würde. Doch neben all dem Abscheu und Ekel, den ich verspürte, fühlte ich noch etwas anderes, eine Leichtigkeit, als wäre mir eine Last von meinen Schultern genommen worden. Ich drehte das Wasser ab, wickelte mich in mein Handtuch und betrachtete mich im Spiegel. Etwas war anders, etwas in meinem Gesicht hatte sich verändert. Und dann sah ich es: Das Muttermal war verschwunden. Ich begriff, warum ich mich so erleichtert fühlte. Linda war nicht mehr da. Ich spürte sie nicht mehr. Ich lächelte meinem Spiegelbild zu.

Obwohl ich schon wieder nicht geschlafen hatte, war ich nicht müde. Ich zog mich an und ging nach unten in die Küche. Gerda begrüßte mich wie immer freundlich, doch ich sah ihr an, dass ihr meine nächtlichen Ausflüge und frühmorgendlichen Duschaktionen etwas unheimlich waren. Außerdem hatte sie gemerkt, dass zwischen Peter und mir etwas vorgefallen war. Ich trank gerade meinen Kaffee und aß ein Brot, als ein Knirschen in der Einfahrt einen Wagen ankündigte. Ich drehte mich um und sah durch das Küchenfenster, dass das Auto meiner Mutter vor dem Haus parkte. Sofort sprang ich auf und lief hinaus. Bevor sie richtig ausgestiegen war, fiel ich ihr schon um den Hals.

»Alma! Du hast aber eine Energie heute Morgen.«

Und da löste sich etwas in mir – all die schrecklichen Erlebnisse der letzten Tage brachen über mich herein: Lindas Erwachen, die Zeit mit Roberto, Feuer, Rauch, Lukas, mordende Käfer, Blut, Tod. Tränen schossen mir in die Augen und ich heulte unkontrolliert und hemmungslos wie ein kleines Kind. Der Rotz lief mir aus der Nase und meiner Mutter auf den Mantel, ich konnte kaum nach Luft schnappen. Meine Mutter fragte nicht nach, sondern strich mir nur mit der Hand über den Rücken. Irgendwann fing ich mich wieder. Mein Gesicht war rot und angeschwollen.

Ich begleitete meine Mutter ins Haus. Sie ging kurz in die Küche, um Gerda zu begrüßen, dann stiegen wir die Treppe hinauf. In ihrem Zimmer öffnete sie ihren Koffer und begann auszupacken.

»Mama?«

Sie sah mich an.

»Ja?«

»Ich möchte heim.«

»Aber Alma, wir haben doch noch für zwei Tage bezahlt.«

»Ich möchte wirklich nach Hause.«

Sie setzte sich aufs Bett und winkte mich zu sich. Ich ließ mich neben ihr nieder.

»Was ist denn passiert?«

»Ich will nicht darüber reden.«

»Hat dir jemand wehgetan?«

Als Antwort schüttelte ich nur zaghaft den Kopf.

»Ist es wegen Peter?«

»Nein.«

»Alma, was ist los?«

Ich sah sie an. Meine Augen füllten sich wieder mit Tränen.

»Mama, bitte, ich möchte nur hier weg. Ich halte es keinen Tag länger aus.«

Irgendetwas in meinem Blick gab meiner Mutter zu verstehen, dass ich es ernst meinte, dass es diesmal nicht eine meiner Launen war.

»Okay. Wenn du das wirklich willst.«

Sie strich mir über den Kopf, was ich normalerweise hasste.

»Aber lass mich wenigstens ein paar Stunden ausruhen. Ich bin seit vier Uhr wach und habe eine ziemlich lange Fahrt hinter mir.«

»Ich kann zurückfahren.«

Meine Mutter nickte nur.

Ich verließ das Zimmer. Ich hatte noch ein paar Dinge zu erledigen.

Als Erstes warf ich *Das Packard-Haus* und das Buch mit den Erzählungen von Lovecraft in den Müll. Ich konnte mir nicht vorstellen, jemals wieder auch nur eine einzige Seite in einem Horrorroman zu lesen. Ich fuhr mit dem Fahrrad ins Dorf und fand einen Schreibwarenladen, der eine klägliche Bücherauswahl hatte. Doch als ich den ersten Buchständer umdrehte, fiel mir sofort ein Cover ins Auge, das ich zuletzt vor vielen Jahren gesehen hatte. Es zeigte ein Mädchen mit langen roten Haaren, das neben einem schwarzen Pferd stand. In großen Buchstaben stand darüber der Titel: *Kehr heim, Tornado.* Ich nahm es aus dem Ständer. An der Kasse hatte sich eine Schlange gebildet und alle redeten durcheinander. Oben am Weiher sei das alte Bootshaus abgebrannt. Ein Junge sei in den Flammen umgekommen. Ob die Leute vom Jahrmarkt etwas damit zu tun hatten? Denen könne man doch nicht trauen.

Ich zahlte wortlos und ging.

Als Nächstes gab ich mein Fahrrad ab und machte mich dann auf den Rückweg zum Hof. Als ich die Einfahrt hinaufkam, saß Peter auf der Bank vor dem Haus.

»Hallo«, sagte er, ohne dass seine Stimme seine Gefühlslage verriet.

»Hallo«, antwortete ich.

»Ich habe gehört, ihr fahrt heute.«

»Ja.«

Ich wusste nicht, wie ich anfangen sollte, also redete ich einfach drauflos.

»Du musst mich für einen ziemlichen Psycho halten. Erst verliebe ich mich Hals über Kopf in dich, dann will ich nichts mehr von dir wissen, streune nachts im Wald rum und dusche jeden Morgen, bevor der Hahn kräht.«

Ich hatte ihm ein Lächeln abgerungen, wenn auch nur ein schwaches.

»Du hast deine Obsession bezüglich Moorleichen, Glühwürmchen und rumänischen Märchen vergessen.«

»Ja, das stimmt. Peter, ich habe mich echt blöd verhalten. Es tut mir leid.«

»Ich werd's überleben.«

»Die Zeit mit dir war wunderschön. Ich werde das nie vergessen. Ich wollte nur, dass du das weißt. Deshalb habe ich dir den Brief geschrieben.«

Peter sah mich an, als wolle er testen, wie viel Wahrheit in meiner Aussage steckte. Schließlich stand er auf und kam auf mich zu.

»Mach's gut, Alma.«

Er streckte mir die Hand hin. Ich zog sein Messer aus meiner Hosentasche und legte es hinein. Auf einmal musste ich an unseren ersten Kuss denken und dieses unsagbar schöne Gefühl durchflutete mein Herz und meinen ganzen Körper. Ich küsste ihn auf den Mund.

»Mach's gut.«

Ich drehte mich um und ging ins Haus.

Am späten Nachmittag packten wir die Koffer ins Auto und bereiteten uns auf die Rückfahrt vor. Gerda gab uns noch ein Paket mit belegten Broten, das wir dankbar annahmen. Wir verabschiedeten uns und stiegen ein. Meine Mutter wollte das erste Stück der Strecke fahren. Sie bog auf die Landstraße ein und drückte aufs Gas. Ich nahm das Pferdebuch aus meiner Tasche, setzte die Kopfhörer meines MP3-Players auf und begann zu lesen.

Als ich später am Steuer saß und meine Mutter neben mir schlief, beugte ich mich zu ihr und flüsterte ihr ins Ohr:

»Roberto sagt, dass er dich sehr vermisst.«

Peter und ich schrieben uns noch oft in den Wochen nach den Sommerferien. Von ihm erfuhr ich, dass Georg für kurze Zeit unter Verdacht stand, das Bootshaus angezündet zu haben. Ein Fußabdruck im Matsch des Trampelpfads war jedoch das einzige Indiz gewesen und daher wurde der Fall eingestellt. Lukas' Tod blieb ein Rätsel, genau wie das Schicksal von Gabor, der einige Tage nach meiner Abreise im Krankenhaus wieder zu sich kam. Ein Großteil seiner Haut war von kleinen Bisswunden übersät. Brasse, der Förster, saß Abend für Abend im Dorfgasthof und faselte etwas von grün leuchtenden Geistern, die ihm nachts im Garten erschienen.

Lindas Saat war aufgegangen.

Epilog

Lieber Norbert,

jetzt kennst du meine Geschichte. Es hat ein halbes Jahr gedauert, bis ich mich getraut habe, sie niederzuschreiben. Ob du sie glaubst oder nicht, musst du selbst wissen.

Aber es gibt noch einen Nachtrag. Ich war so dumm. So naiv. Wie konnte ich glauben, dass alles vorbei sei, dass alles spurlos an mir vorübergegangen ist. Ich habe es mir so einfach vorgestellt. Aber so einfach ist es nicht.

Heute Morgen bin ich aufgewacht und draußen fiel der erste Schnee. Ich stand auf und ging ans Fenster. Ich sah den weißen Flocken zu, wie sie auf die Straße hinabtanzten. Dann spürte ich den Schmerz. Eine warme Übelkeit in meinem Magen. Ich überlegte noch krampfhaft, was ich gestern Abend gegessen hatte, da kam es mir schon hoch. Ich stürzte ins Bad und erreichte gerade noch die Kloschüssel. Sofort wusste ich, dass etwas nicht stimmte. Dieses mechanische Sirren. Wie Flügelschlag. Ich sah in die Toilette. Dort schwammen sie. Drei grün leuchtende Käfer. Ich trat an den Spiegel.

Wie konnte ich glauben, dass *sie* einfach so verschwinden würde? Warum sollte *sie* das tun? Ich weiß jetzt, dass *sie* immer bei mir sein wird, was ich auch tue. Wenn ich lache, wenn ich weine, wenn ich mich verliebe, wenn ich Kinder bekomme oder heirate, wenn ich alt werde – *sie* wird immer bei mir, *in* mir sein. Ich fühle *sie*, tief in meinem Innern.

Ich betrachte mein Spiegelbild.

In meinen Augen … das grüne Leuchten.

Linda ist wieder da.

Danke

Um all denen zu danken, die mich über die Jahre unterstützt haben, müsste ich noch ein Buch schreiben, das zwar wunderbare Figuren hätte, dessen Handlung aber etwas dünn wäre. Deshalb beschränke ich mich hier darauf, nur eine kleine Auswahl zu nennen:

Als Erstes meine Agentin Cristina Bernardi, deren Rat und Einsatz mit Worten kaum zu würdigen ist. Es gibt nicht genug Blumen auf der Welt, um meine Dankbarkeit zum Ausdruck zu bringen!

Meine Mutter, die seit den ersten Lego-Raumschiffen alles gut fand, was ich so fabriziert habe. Und jeder braucht jemanden, der alles gut findet, was man so fabriziert.

Meinen Vater, der es mir ermöglichte, etwas Anständiges zu studieren.

Meine Schwester, die ihren nervigen kleinen Bruder so viele Jahre lang geduldig ertragen hat.

Gisela und Christian, von denen sehr viel in diesem Buch steckt.

Daniel, Malti und Sarah, meine ersten Leser, deren Freundschaft mir, wegen ihrer gnadenlosen Kritik, umso mehr bedeutet.

Sandro, Nick, Ishai, Pete, James, and all the rest of the NYU gang, for your friendship, inspiration, and hospitality over the years.

Alle, die an der Entstehung dieses Buches beteiligt waren, besonders Ruth Nikolay von script5, die sich mit großer Leidenschaft um das Manuskript gekümmert hat.

Und natürlich meine Silvia, die mir die letzten Jahre mehr versüßt hat, als sie es wahrhaben will!

Danke!